Five Nights at Freddy's
PAVORES DE FAZBEAR 7

PENHASCOS

**SCOTT CAWTHON
ELLEY COOPER
ANDREA WAGGENER**

Tradução de Jana Bianchi

Copyright © 2021 by Scott Cawthon. Todos os direitos reservados.
Publicado mediante acordo com Scholastic Inc., 557, Broadway, Nova
York, NY, 10012, EUA.

TÍTULO ORIGINAL
The Cliffs

PREPARAÇÃO
Gabriela Peres

REVISÃO
Amanda Werneck

DIAGRAMAÇÃO
Julio Moreira | Equatorium Design

DESIGN DE CAPA
Betsy Peterschmidt

ARTE DE CAPA
LadyFiszi

VINHETA ESTÁTICA DE TV
© Klikk / Dreamstime

CIP-BRASIL. CATALOGAÇÃO NA PUBLICAÇÃO
SINDICATO NACIONAL DOS EDITORES DE LIVROS, RJ

C376p
    Cawthon, Scott
    Penhascos / Scott Cawthon, Elley Cooper, Andrea Waggener ; tradução
Jana Bianchi. - 1. ed. - Rio de Janeiro : Intrínseca, 2025. (Five nights at
Freddy's : Pavores de fazbear ; 7)

    Tradução de: The cliffs
    ISBN 978-85-510-1276-5

    1. Ficção americana. I. Cooper, Elley. II. Waggener, Andrea. III. Bianchi,
Jana. IV. Título. V. Série.

25-96915.0   CDD: 813
                          CDU: 82-3(73)

Gabriela Faray Ferreira Lopes - Bibliotecária - CRB-7/6643

[2025]
Todos os direitos desta edição reservados à
EDITORA INTRÍNSECA LTDA.
Av. das Américas, 500, bloco 12, sala 303
22640-904 – Barra da Tijuca
Rio de Janeiro – RJ
Tel./Fax: (21) 3206-7400
www.intrinseca.com.br

SUMÁRIO

Penhascos 7
A roda do despedaçamento . . . 57
Ele me explicou tudo 127

PENHASCOS

Tyler derrubou o copo com canudinho da mesa da cozinha. De novo.

— Cuidado, carinha — alertou Robert, pegando o copo e o colocando na frente do filho.

Tentou se sentir aliviado pelo fato de o exemplar desgastado de *Como lidar com a infância*, apelidado por ele de "manual do usuário", garantir que era normal bebês derrubarem copos, jogarem comida para todos os lados e demonstrarem uma quantidade avassaladora de instabilidade emocional. Mas ser normal não significava ser fácil.

— Jogá celulá? — pediu Tyler, olhando para o telefone do pai sobre a mesa.

Robert colocou uma tigela de cereal e banana diante do filho.

— Nada de jogar no celular do papai. É hora de tomar seu café da manhã, se arrumar e ir para a creche.

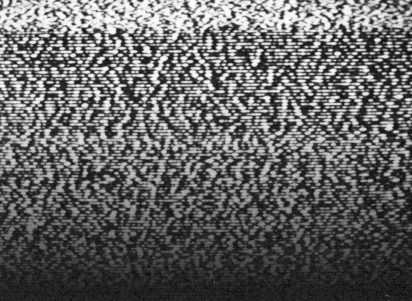

Distraído com o copo de leite e a tigela com cereal e banana, Tyler começou a comer todo feliz.

Tá aí um negócio doido sobre criancinhas de dois anos, pensou Robert. *O humor delas muda de uma hora para a outra*. Na última consulta com a pediatra, ele tinha desabafado sobre isso.

A médica apenas rira, dizendo "Bem-vindo à vida de pai". Depois prometera, como sempre, que à medida que Tyler crescesse, cuidar de uma criança se tornaria uma tarefa mais fácil.

Mas *quando* exatamente? Quando Tyler fizesse três anos? Quando tivesse idade para começar a ir à escola? Quando estivesse na faculdade?

Robert sabia que, para ele, a coisa mais difícil da paternidade era se virar sozinho. Nunca imaginou se tornar pai solo, mas não havia escolha depois que Anna tinha partido.

Os dois tinham se conhecido no primeiro ano da faculdade. Antes, ele não acreditava no ditado "toda panela tem sua tampa" — com certeza não poderia existir uma única pessoa certa para cada um. Ainda assim, a conexão dele com Anna havia sido imediata. Amavam os mesmos livros e filmes, e quando a relação começou a ficar mais séria, descobriram que também compartilhavam valores mais profundos. Namoraram até o final da graduação e noivaram depois da formatura, concordando em esperar um ano antes de se casarem, pois assim poderiam se acostumar à vida de adultos com empregos de verdade antes de juntar as escovas de dente.

Robert acabara arranjando um emprego estável, mas nada muito empolgante, numa revista local sobre estilo de vida, enquanto Anna conseguira uma vaga como professora do ensino fundamental. Os dois se casaram descalços na praia, e os pais de ambos fizeram uma vaquinha para ajudar o casal a comprar uma casa. A propriedade não estava lá grandes coisas, mas era muito encantadora, especialmente para dois jovens cheios de energia dispostos a botar a mão na massa para reformar tudo.

O único problema era a localização da residência, perto do acidente geográfico mais conhecido da cidade: os Penhascos. Os afloramentos rochosos tinham uma beleza rústica, apesar de sua história sombria. Os moradores locais haviam apelidado o mais alto deles de "Pedra do Suicida", pois era para lá que as pessoas iam quando queriam tirar a própria vida.

Todo mundo parecia conhecer alguém que sofrera aquele destino nos Penhascos. A menina mais popular do ensino médio da época da mãe de Robert, rejeitada pelo namorado; o empresário que havia perdido tudo graças a investimentos equivocados; a avó com diagnóstico de câncer terminal. Algumas histórias sobre os Penhascos eram verdadeiras, outras eram apenas boatos. Reais ou não, faziam com que as pessoas encarassem o local com uma mistura de medo e admiração, em especial a Pedra do Suicida. Adolescentes se reuniam ali para compartilhar histórias de terror. Crianças sussurravam que os fantasmas das vítimas assombravam o local escolhido para o salto final.

Robert tinha crescido ouvindo aquelas histórias, e os Penhascos o deixavam de cabelo em pé. Anna insistia que, embora a parte dos suicidas fosse triste, o lugar em si era só um amontoado de pedras; não significava nada. Além disso, a proximidade com o local os ajudou a arrematar a casa por uma bagatela. Atribuir um significado macabro aos Penhascos não passava de superstição.

Ele sabia que Anna estava certa. E, depois da mudança, ficara tão feliz com a esposa e a nova vida em casal que mal pensava naquelas histórias. Quando parava para pensar, o primeiro ano de casamento tinha passado como um borrão de prazer, amor e alegria.

Daria para fazer o trailer de uma comédia romântica com as cenas daquela época: os dois andando de bicicleta, cozinhando, se aninhando em frente à televisão com um baldão de pipoca. Claro que às vezes tinham dias ruins no trabalho ou ficavam doentes, mas eram problemas minúsculos em comparação à felicidade que sentiam por estarem juntos.

Embora o primeiro ano de união tivesse sido incrível, a gravidez da esposa havia sido a época mais alegre da vida de Robert. Tinham descoberto a novidade no segundo ano de casamento, o que os levara às nuvens. Havia algo especial na ideia de terem criado um novo ser humano através do amor que sentiam um pelo outro — parecia quase mágico. Por mais felizes que tivessem sido como casal, sabiam que seriam ainda mais felizes como família.

Ao longo da gravidez, Anna resplandecia como uma deusa da mitologia. Robert também ficara radiante, sem saber como lidar com tanto amor. Fazia massagem na esposa quando ela chegava com os pés doloridos após um dia de trabalho. Ia buscar sorvete de flocos com menta quando ela dizia que era a única coisa no mundo capaz de matar sua vontade de comer doce. Tinham passado a gravidez em perfeita harmonia, dois jardineiros dedicados a cultivar seu bebê.

Até as coisas darem errado.

Dois meses antes da data prevista para o parto, Anna começara a reclamar de inchaço nos pés e nas mãos. Chegaram a ligar para a enfermeira da obstetra, que disse que não era nada — inchaço era comum em grávidas, especialmente nos meses mais quentes do verão. Mais tranquila, Anna apenas tinha comprado sapatos mais largos e feito escalda-pés com sais de banho, tentando ignorar ao máximo os sintomas. No entanto, em uma consulta de rotina, ela descobrira que estava com a pressão tão alta que a médica insistiu que Anna fosse internada imediatamente.

Depois disso, tudo se tornara um borrão digno de pesadelo na cabeça de Robert: os medicamentos intravenosos falhando em baixar a pressão de Anna, a decisão de fazer um parto de emergência na esperança de salvar a vida dela, o aneurisma fulminante sofrido na mesa de cirurgia que deixara Robert na condição de pai solo. Aquilo o tinha deixado atordoado por um tempo. Nada daquilo parecia real.

Por ter nascido prematuro, Tyler era minúsculo e incapaz de respirar sozinho sem exaurir suas energias. Passara algumas semanas internado até ganhar peso e desenvolver melhor os pulmões. Imerso no torpor do choque, Robert visitava o bebê na UTI neonatal. Lavava bem as mãos com sabonete e vestia uma máscara antes de entrar na sala branca iluminada, repleta de incubadoras de plástico onde dormiam bebezinhos miúdos. Parava ao lado da incubadora do filho e observava o corpinho pequeno e magricela de Tyler envolto por uma fralda do tamanho de um guardanapo de papel. Os pais dos outros bebês na UTI neonatal sempre pareciam cansados e preocupados como Robert, mas chegavam em dupla, então ao menos tinham companhia.

Horrorizado, Robert olhava para o filho e pensava: *Eu sou tudo que você tem no mundo, carinha.*

Não era um jeito muito legal de começar a vida — órfão de mãe e preso a um pai que não conseguia comer, dormir ou sequer passar uma hora inteira sem chorar. Naquele estado de exaustão e luto, Robert só tinha certeza de duas coisas:

1. Ele era tudo que Tyler tinha.
2. Ele não era suficiente.

Aos trancos e barrancos, nos últimos dois anos Robert tinha dado um jeito de manter o emprego e garantir comida, roupas e um teto para Tyler. Ele se afastara dos amigos porque não queria lidar com a pena deles, e também porque sair com os caras depois do trabalho não era opção para um pai solo. Às cinco em ponto, precisava sair do serviço para pegar Tyler na creche. Depois, era hora de preparar a janta do garoto. Em seguida, vinha brincar, tomar banho e — se Robert tivesse sorte e o filho de fato caísse no sono — ir para a cama. O manual do usuário era claro: sem uma rotina estabelecida, a convivência com crianças pequenas podia se tornar caótica. Robert já tinha caos demais na vida, então tentava se ater ao cronograma.

Quando Tyler enfim adormecia, Robert zapeava distraído pelos canais da televisão ou jogava *Warrior's Way* no notebook. Às vezes tinha a companhia de Bartolomeu, o gato laranja, mas era raro. O gato pertencera a Anna antes do casamento, e ela costumava chamá-lo de "meu primeiro marido" por conta do jeito como o felino a protegia, enciumado, e nunca se aproximava muito de Robert. Depois da morte de Anna, vez ou outra o bichano aceitava comida ou um carinho, embora Robert tivesse a impressão de que o gato só o tolerava porque era ele que servia a ração.

Robert se sentia solitário? Tanto que chegava a doer. Mas também era ocupado demais, e andava muito exausto para fazer qualquer coisa a respeito. Depois de colocar Tyler para dormir, ele se permitia passar duas ou três horas distraído diante de alguma tela até cair no sono, ciente de que acordaria para viver um dia quase idêntico ao anterior, com o único fator surpresa sendo o tipo e a duração das mudanças de humor do filho.

Naquele momento, porém, ao pegar o cereal com as mãozinhas e enfiar tudo na boca, Tyler era uma gracinha. Seus olhos castanhos, do mesmo tom dos de Anna, eram emoldurados por cílios longos e escuros. Os cachinhos pretos envolviam a cabeça como uma auréola, e a boca era um botãozinho angelical igualzinho ao da mãe. Na verdade, Tyler era tão parecido com Anna que o coração de Robert até doía. Ao olhar para o filho, ele se sentia inundado de amor, mas também de medo. E se perdesse Tyler como perdera Anna? Várias e várias vezes, a hipótese se desenrolava no telão da mente dele como um filme que ninguém gostaria de ver.

Robert não conseguia olhar para o filho sem pensar na esposa, mas nunca falava sobre ela. O menino era novinho demais para compreender a morte, e o próprio Robert não estava aceitando muito bem aquela nova realidade. Lá no fundo, sabia que provavelmente seria uma boa ideia começar a mostrar para Tyler fotos da mãe e contar histórias sobre quem ela era, as coisas que costumava dizer e fazer, como tinha ficado empolgada com a expectativa de ser mãe. Mas ele nunca encontrava coragem para buscar as fotos de Anna no porão, onde ficavam escondidas. Quando tentava falar sobre ela, as palavras entalavam na garganta e nada saía. Até mencionar o nome dela era dolorido, principalmente porque, ao encarar o filho, sempre via os olhos de Anna.

Assim como fazia todas as manhãs, Robert engoliu a tristeza com um gole de café e levou Tyler até a creche, deixando o garotinho brincar com o celular no caminho. Depois de deixar o filho, foi para o trabalho e apenas assentiu para os colegas que o cumprimentavam com bom-dia. Não queria parecer grosseiro, mas tampouco estava a fim de papo. Suas próprias reações eram imprevisíveis demais. Depois que começasse a falar, o que poderia acontecer? Ficaria emotivo na frente de alguém que mal conhecia? Teria um surto? E, se tivesse, o que aconteceria se não fosse capaz de se recompor?

Robert sabia que, por pior que se sentisse, não podia perder o emprego. Era a única maneira de dar a Tyler uma vida minimamente decente. Por isso, naquele dia, como em todos os outros, ele se acomodou na baia e trabalhou sem parar, tentando esvaziar a mente de tudo que não fosse a tarefa diante dele.

Parou ao meio-dia e pegou um sanduíche, tão distraído que, ao final, nem saberia identificar o sabor. Foi ao banheiro, depois até o bebedouro. Estava enchendo a garrafinha quando alguém se aproximou às suas costas.

— Opa.

Ele teve um sobressalto, como se estivesse assustado por não ser a única pessoa ali. Ao se virar, deu de cara com Jess, a gentil revisora que usava óculos, se dizia "nerd da gramática" e fora contratada mais ou menos na mesma época que ele. Os dois se falavam às vezes, antes da morte de Anna. Antes da vida de Robert ser devastada.

— Oi, Jess — cumprimentou Robert, abrindo espaço para deixar a moça usar o filtro.

Com sorte, ele poderia voltar à própria mesa sem maiores interrupções.

— Espera um pouquinho — pediu Jess, enquanto ele se virava para ir embora.

— Eu? — indagou Robert, embora fossem os únicos ali.

— É que eu vi você comendo aquele sanduíche mixuruca no almoço. — Jess encheu um daqueles cones de papel esquisitos com água do filtro. Quem tivera a ideia de usar aqueles troços para beber? Ela sorriu. — Bom, talvez estivesse uma delícia, mas pareceu triste para mim. E aí fiquei pensando… Sei que você não pode sair depois do trabalho porque precisa buscar seu filho, mas nas quartas o pessoal costuma almoçar no rodízio de comida japonesa pela metade do preço. Você podia ir com a gente algum dia.

Sushi era a comida favorita de Robert e Anna desde a época da faculdade. Juntos, tinham aprendido a usar hashi, colocando sushis um na boca do outro depois de dar uma molhadinha no shoyu.

Vários casais saíam para comer carne, frutos do mar ou comida italiana em ocasiões especiais, mas para eles era sempre sushi.

Como ir a um rodízio japonês baratinho com um bando de gente aleatória do trabalho faria jus aos jantares românticos com Anna? A resposta era simples: jamais faria.

Só evocaria lembranças que o deixariam mais triste.

Ainda assim, tinha sido legal da parte de Jess o convidar. Demonstrar sentir pena dele.

— Ah, claro, vamos marcar qualquer dia — disse Robert, nem um pouco convincente. — Valeu por me chamar.

— Beleza, então — respondeu Jess, parecendo surpreendentemente decepcionada. — Ah, e Robert...

— Diga.

Ele não sabia que rumo a conversa tomaria, mas sabia que não iria gostar nem um pouco.

Aquele não era um local de trabalho? Eles não deviam estar trabalhando?

Jess desviou o olhar por um minuto, como se estivesse tentando colocar os pensamentos em ordem.

— Então, eu andei pensando... — começou a moça. — Antes de tudo que aconteceu, a gente costumava ser amigo. Costumava conversar. Se algum dia quiser conversar de novo, estou aqui.

Robert sabia que estava em risco iminente de deixar as emoções transparecerem, o que não podia acontecer. Não podia ser frouxo daquele jeito no trabalho. Precisava se livrar daquela conversa e voltar para a própria baia.

— É muita gentileza sua...

Jess revirou os olhos.

— Eu não estou sendo "gentil", caramba! Eu gosto de você. Sempre curti sua companhia. E sou mãe solo também. Não pelos mesmos motivos que você, mas aposto que a gente lida com coisas parecidas. Conversar a respeito talvez seja bom para a nossa sanidade. Ou o que restou dela.

Robert sentiu um sorrisinho surgir nos lábios. Mesmo contra a vontade, começou a lembrar por que gostava de Jess.

— É, eu estou só o pó da rabiola — confessou ele.

Aquela, como a maioria das piadas, tinha um fundinho de verdade.

— Eu imagino. E já pensou que nossos filhos podem até brincar juntos? A gente pode se revezar para cuidar um do ranhento do outro e tirar uma noite de folga de vez em quando.

— Melhor não prometer nada. Você ainda não conhece a peça — disse Robert.

Ele tinha mesmo feito duas piadas seguidas?

— Ele tem dois anos, né?

— Isso.

— É, então talvez seja uma boa eu esperar um ou dois anos antes de oferecer meus serviços de babá. — Ela abriu um sorriso cálido e genuíno. — Escuta, vou deixar passar esta semana, mas quarta que vem você vai no rodízio com a gente. Chega de sanduíches mixurucas.

Robert acenou com a mão.

—Vou pensar no convite. Valeu.

E se virou para voltar à baia.

— Não foi um convite! — gritou Jess, às costas dele. — É obrigatório! Sushi obrigatório! O que, por sinal, daria um ótimo nome de banda!

$\bullet \quad \bullet \quad \bullet$

Robert se acomodou diante da própria mesa. Tinha quase certeza de que a conversa com Jess foi a mais longa que teve em meses com pessoas de fora da família. Como alguém que não se exercitara por anos e de repente se via de volta à ativa, a interação o tinha deixado exausto. Nada de papo pelo restante do dia. Ficou no próprio cubículo, onde trabalhou sem parar até às cinco. Quando chegou a hora de ir embora, não sentiu alívio. Estava apenas substituindo uma série de obrigações por outra. Saía o papel de designer gráfico, entrava o papel de pai.

Ele encostou o carro diante da Creche Piticos e se dirigiu à alegre construção de telhado vermelho para pegar o filho. Entrou na sala com o imenso número dois na porta. As paredes estavam repletas de recortes de cartolina e rabiscos abstratos feitos com giz de cera. Robert encontrou a jovem e alegre professora de Tyler, srta. Lauren, cercada de crianças se divertindo com os brinquedos coloridos espalhados pelo chão. Estar perto de tantos seres humanos tão pequenos e frágeis era uma ideia aterrorizante para Robert, mas a professora parecia perfeitamente à vontade, e o cumprimentou com um sorriso. A mulher ficou de pé para conversar com ele.

— Ele passou quase o dia todo felizinho — contou ela. — Mas preciso falar com o senhor sobre uma coisa.

Robert se preparou para más notícias. Esperava que Tyler não tivesse batido em algum amiguinho. Ou mordido alguém. Parecia que toda creche tinha uma criança que mordia todo mundo, e ninguém queria ser o responsável por ela.

A professora sorriu de novo.

— Não se preocupe. Ele não atacou nada nem ninguém.

Robert se permitiu respirar fundo.

A srta. Lauren ajeitou os cachos castanhos atrás das orelhas antes de continuar:

— É que hoje pedi para as crianças desenharem a própria família e falar sobre elas. Eles têm só dois anos, então a maioria só rabiscou umas bolas e uns risquinhos, mas aí a gente se sentou num círculo, e todo mundo contou um pouco sobre os membros da família que desenharam. Noah, um amiguinho do Tyler, percebeu que não tinha uma mãe no desenho dele e perguntou o motivo. Seu filho ficou chateado. Acho que foi mais porque apontaram que a família dele é diferente.

Robert odiava pensar em Tyler sendo discriminado por ter perdido a mãe. Aquele tipo de comportamento tinha mesmo que começar tão cedo?

— Essas crianças não são novas demais para reparar nessas coisas? — perguntou ele.

Olhou ao redor, vendo os aluninhos brincando com blocos de montar, carrinhos e bonecas. Não passavam de bebês.

A professora tornou a sorrir.

— Ah, o senhor ia ficar surpreso com o tanto de coisa que eles percebem. Não deixam passar quase nada, na verdade, pode acreditar. Eu falei para Noah e para o restante da turma que nem todas as crianças têm mamãe e papai, que famílias são diferentes, e a gente conversou sobre como algumas dessas famílias podem ser. Expliquei que a única coisa necessária para formar uma família são pessoas e amor. Então acho que a situação virou um ótimo momento de aprendizado.

Robert se empertigou. Não gostava da ideia de sua própria família incompleta ser usada como "momento de aprendizado". E em troca de quê? Só para as outras crianças sentirem pena de Tyler em vez de tirarem sarro dele? Não queria que o filho fosse ridicularizado, tampouco gostaria que ele fosse tratado com pena.

No entanto, não havia por que expor sua insatisfação para a srta. Lauren. Ela era tão jovem, idealista e vivaz que a criticar seria como chutar um filhotinho de cachorro. Enfim, Robert se ouviu dizendo:

— Obrigado por me contar.

Parecia mais tenso e formal do que necessário, mas aos menos era educado.

— Não tem de quê — respondeu a professora. — Só achei que era melhor falar alguma coisa caso, sei lá, o senhor quisesse conversar sobre o assunto com Tyler em casa.

— Certo — soltou Robert. Ele não queria conversar sobre o assunto, nem em casa, nem com o filho, e muito menos ali, com uma mulher que mal conhecia. — Pronto para ir embora, carinha? — perguntou para Tyler, que brincava do outro lado da sala colorida.

O menino ergueu os olhos do tratorzinho de plástico que estava empurrando de um lado para o outro e falou:

— Papai!

Abriu um sorrisão, saltou para ficar de pé e correu até Robert com os braços esticados.

—Viu? — disse a srta. Lauren. — Todo felizinho, como falei.

Robert não conseguiu encontrar consolo naquelas palavras. Se Tyler estava feliz, era porque ainda não sabia o que tinha perdido.

·   ·   ·

Robert não queria passar no mercado na volta para casa, mas não havia escolha. Por mais que andasse meio sem apetite, precisava alimentar o filho. Depois de prender Tyler na cadeirinha do carro, falou:

— A gente precisa fazer umas compras, carinha. Estamos sem leite e suco.

Assim como muitos carros eram movidos a gasolina, crianças pequenas eram movidas a leite e suco — que eram consumidos num ritmo alarmante e caro.

— Leite! Tuco! — respondeu Tyler.

— Isso. A gente vai comprar lá no mercado. Você pode escolher o sabor de suco.

— Baçã! — gritou Tyler.

Por alguma razão, ele sempre falava "baçã" em vez de "maçã".

— Quer suco de maçã? — perguntou Robert.

Era assim que o manual do usuário dizia que os pais deviam abordar pronúncias erradas: melhor repetir as palavras corretamente do que dar bronca no bebê.

— Eba! Tuco de baçã! — comemorou Tyler.

— É isso aí, carinha.

Robert entrou no estacionamento do mercado e se preparou para a saga das compras.

Tyler tinha uma camiseta com estampa de Freddy Fazbear, mas Robert não o considerava um fanático pelo personagem. Era novo demais, para começo de conversa. Porém, enquanto o empurrava no carrinho por entre as prateleiras da seção de brinquedos, o menino apontou e gritou "Féddy!" a plenos pulmões.

— O que você disse, carinha? — perguntou Robert, olhando ao redor, tentando encontrar o que Tyler estava apontando.

Por um segundo, achou que Freddy fosse um amiguinho da creche.

— Féddy! Féddy! — repetiu o menino, com os olhos arregalados de empolgação.

Robert seguiu a direção indicada pelo dedinho do filho e viu dois ursos de pelúcia idênticos com sorrisos amplos, sobrancelhas grossas e cartola na cabeça. A embalagem dizia que era um brinquedo chamado Freddy Sempre Junto. Mas de onde o garoto conhecia o personagem?

Com uma pontada de culpa, Robert entendeu tudo: quando estava muito cansado ou triste demais para fazer qualquer coisa (o que acontecia com mais frequência do que gostaria de admitir), ele colocava Tyler diante da televisão. Só deixava o filho ver programas adequados para a idade e desenhos animados. Sem dúvida, estes saltavam aos olhos, com cores brilhantes e imagens que se moviam rápido, mas ao menos fingiam ter algum valor educacional.

O problema eram os comerciais. Os terríveis comerciais idealizados em salas de reunião cheias de engravatados cínicos para fazer crianças desejarem bolotas de açúcar colorido mascaradas de cereal, suspensões de xarope de milho com alto teor de frutose mascaradas de "alimentos líquidos", e os brinquedos mais recentes baseados nas tendências da cultura pop populares no momento.

— Você quer dar uma olhada nos Freddys? — perguntou Robert.

Tyler assentiu e estendeu os bracinhos.

Robert colocou o brinquedo nas mãos do filho, e a boca do menino se abriu num sorriso lindo que evocou o fantasma da mãe. Embora o ursinho ainda estivesse dentro da caixa de papelão, Tyler o envolveu num abraço.

— Ti amo — declarou o menininho.

Ai, caramba, pensou Robert. Não tinha como contrariar um "ti amo" daqueles.

— Olha, filho, precisa tomar cuidado com esse ursinho — alertou ele. — A gente ainda não decidiu se vai comprar.

Quando olhou a etiqueta, quase caiu para trás com o preço.

— Meu Deus — murmurou.

— Compá? — pediu Tyler, ainda abraçado ao brinquedo. — Meu?

— Bom, deixa eu ver a embalagem para garantir que é apropriado para sua idade — falou Robert, pegando outra caixa da prateleira para olhar a parte de trás.

As imagens mostravam crianças de dois ou três anos brincando com Freddy Sempre Junto, acompanhadas por uma mulher com pinta de empresária que olhava para o relógio de pulso e sorria como se tudo estivesse às mil maravilhas. Robert leu o texto do verso da caixa:

FREDDY SEMPRE JUNTO É O MELHOR AMIGO DAS CRIANÇAS E DOS PAPAIS E MAMÃES. FREDDY ACOMPANHA SEU BAIXINHO POR AÍ E ENVIA ATUALIZAÇÕES POR MEIO DO RELÓGIO SEMPRE JUNTO (INCLUSO) PARA QUE OS PAIS SAIBAM QUE SEU PEQUENO ESTÁ FELIZ E SEGURO. VOCÊ PODE ATÉ ESTAR LONGE ÀS VEZES, MAS FREDDY SEMPRE JUNTO É O AMIGO QUE SEMPRE ESTARÁ PRESENTE!

Robert pensou em todas as vezes que precisou deixar Tyler sozinho para resolver algo na cozinha ou atender a uma ligação importante. Era assustador como as coisas podiam desandar em pouquíssimos segundos. Certa vez, ele deixou a sala só para mexer na panela no fogão e, ao voltar, encontrou Tyler escalando a estante de livros como se fosse o King Kong no topo do Empire State. Aquele tal de Freddy Sempre Junto talvez viesse a calhar, especialmente para um pai solo como ele.

Levando em consideração que o brinquedo era também um dispositivo de segurança, o preço não era tão absurdo assim.

— Tyler, quer levar o Freddy com você para casa? — perguntou ao filho.

O rosto do menininho se iluminou num sorriso maravilhoso.

— Sim, papai! Obrigado!

A srta. Lauren tinha dito a Robert que estavam trabalhando nos "por favores e obrigados", mas aquela era a primeira vez que ele via Tyler agradecer sem precisar perguntar "Qual é a palavrinha mágica?".

— Não tem de quê, carinha. E estou amando esses bons modos.

Configurar o urso e o relógio tinha sido meio irritante, mas poderia ter sido pior. Depois de quinze minutos fuçando no manual e nas baterias, Robert ajustou tudo e entregou o bicho de pelúcia para Tyler.

— Que tal você brincar com o Freddy enquanto o papai faz a janta?

— Féddy! — exclamou Tyler, abraçando o ursinho.

Na cozinha, Robert colocou uma panela de água para ferver e despejou um pote de molho de tomate numa frigideira. Estava pegando alface, cenoura e pepino na geladeira para preparar uma salada quando seu Relógio Sempre Junto vibrou. A tela dizia "Você tem uma mensagem de Freddy". Robert tocou nela, e um texto apareceu:

Tudo certinho. Estou brincando com meu melhor amigo!

Que fofo. Robert não conseguiu segurar o sorriso.

Ele picou cenoura e pepino para a salada e colocou o macarrão para cozinhar. Quando foi até a sala chamar o filho para jantar, o menininho estava segurando Freddy no colo e "lendo" para o urso um livrinho infantil chamado *Meu primeiro livro das cores.*

Toda vez que Tyler fazia alguma coisa fofa como aquela, Robert desejava que Anna estivesse ali para ver. Mas quem ele queria enganar? *Sempre* queria que Anna estivesse ali.

— Eu sô papai do Féddy! — disse Tyler.

— Ah, é? Que legal — comentou Robert. — E você e o Freddy estão prontos para jantar?

Robert esperava no mínimo uma birrinha, já que Tyler estava no meio da "leitura", mas o menino apenas respondeu "Tá bom, papai", colocou o ursinho embaixo do braço e o seguiu até a cozinha.

Enquanto Robert o ajudava a se acomodar, o menino pousou Freddy na cadeira ao lado.

— Patinho do Féddy! — pediu.

— Você quer que eu coloque um pratinho para o Freddy também? — perguntou Robert.

— Aham — respondeu Tyler, assentindo como se aquilo fosse questão de vida ou morte.

Embora se sentisse um pouco bobo, Robert colocou um prato e um copo na mesa, bem em frente ao urso de brinquedo. Depois serviu um prato de espaguete e um potinho de salada para Tyler, junto de um copo de leite.

— Agora o Freddy precisa só fingir que está comendo, senão vai se sujar todo — explicou Robert. — Tem que ser de mentirinha o espaguete do Freddy. — E depois, porque Tyler morreu de rir da quase rima, gracejou: — Freddy Espaguete!

O garotinho riu mais, como se o pai tivesse acabado de fazer a piada mais engraçada do mundo.

— Féddy paguéti! — gritou, rindo alto enquanto dava tapinhas na mesa.

— E o senhor quer baguete para acompanhar o Freddy Espaguete? — brincou Robert.

Estava levando a piada ao extremo, mas era o que precisava ser feito quando o público era uma criança de dois anos. Não havia muito espaço para sacadas inteligentes.

Pai e filho comeram espaguete e salada e morreram de rir. Até Robert precisou admitir que tinha sido divertido.

O lado ruim de dar espaguete para um bebê tão pequeno era a necessidade imediata de um banho. O rosto de Tyler estava tão melecado de molho que, quando sorria, ficava parecendo um vampiro depois da refeição. Estava até com macarrão grudado no cabelo.

— Certo, carinha — chamou Robert, se preparando para uma crise de birra. — A gente precisa ir direto para a banheira.

— O Féddy vai pô banho também? — perguntou Tyler.

— Ele não pode se molhar, mas pode vir com a gente — explicou Robert.

— Tá bom, papai — falou o menino, pegando o ursinho e indo até o banheiro.

Convencer Tyler a tomar banho geralmente envolvia negociações tão elaboradas que Robert quase achava necessário acionar a ONU. Era inacreditável que a rotina naquela noite estivesse se desenrolando com tanta facilidade.

Engraçado que, por mais que Tyler discutisse para entrar no banho, depois que estava na água era só alegria. Robert jogou na banheira a coleção de patinhos de borracha e barquinhos de brinquedo do filho, que ficou ali chapinhando e brincando, todo feliz. Depois, o pai colocou Freddy no banquinho que Tyler usava para alcançar a pia, de modo que o urso se mantivesse livre de respingos enquanto ainda permanecia no campo de visão do menino.

Tyler erguia cada um dos brinquedos, "mostrando" tudo a Freddy.

— Féddy, ó esse baiquinho azul. Féddy, ó esse patinho amalelo.

Crianças de dois anos adoravam se exibir, como Robert havia notado. Quando Tyler falava com a avó ao telefone, passava a maior parte do tempo listando seus brinquedos. Era como se fosse uma espécie de magnata se vangloriando de todos os seus carros e mansões.

Com Tyler de banho tomado e pijama de trenzinho, Robert o colocou na cama ao lado de Freddy Sempre Junto.

— Quer que eu leia uma história para você, carinha? — perguntou ele.

— Duas históias — negociou o filho.

Robert fingiu estar chocado com um pedido tão ultrajante.

— Duas?!

— Puque eu tenho dois anos — argumentou Tyler, como se aquilo explicasse tudo.

— Bom, nesse caso, não tenho como negar.

Robert puxou uma cadeira até a cabeceira da cama e espiou a prateleira de livros.

— O da gainha bobinha — pediu o menino, e Robert pegou o livro sobre a galinha bobinha. — Faz vozinha?

Robert leu a história sobre a galinha bobinha, imitando a voz da personagem e tudo. Tyler riu porque a história era engraçada, mas também porque, imaginava Robert, devia ser hilário ver o pai fazendo papel de bobo.

— Agola, do poiquinho — instruiu Tyler, e Robert obedeceu.

Ao final da história do porquinho, as pálpebras do menino já quase se fechavam sozinhas. Segundos depois de Robert terminar o livro, Tyler abraçou Freddy Sempre Junto e adormeceu na hora.

Robert nem acreditava em como a rotina noturna tinha ficado mais fácil graças ao brinquedo. Agora achava absurdo quase não ter comprado o urso por achar caro demais. Valeria até se tivesse custado o dobro.

Depois de pegar refrigerante e salgadinho, ele se sentou para assistir a um filme de ação bobo e divertido que tinha perdido na época do lançamento porque não ia mais ao cinema. Sabia que podia contratar uma babá, mas já se sentia mal o bastante por deixar Tyler na creche o dia todo. Queria passar todo o tempo possível com o filho. O garotinho já não tinha mãe. Robert tinha a sensação de que não era um pai bom o suficiente; tentar participar da vida do filho era o mínimo que poderia fazer. Assim como na escola, era possível ir levando as coisas mesmo que não fosse o melhor dos alunos: bastava se esforçar um pouco e comparecer às aulas. Não era a filosofia mais adequada para um pai, mas era o que Robert podia fazer.

Enquanto os créditos de abertura do filme subiam na tela, Robert sentiu o Relógio Sempre Junto vibrar. A tela dizia "Você tem uma mensagem de Freddy". Ele deu um toque na notificação, e uma mensagem surgiu:

Dormindo profundamente.

Aí, sim. Robert se permitiu relaxar.

O filme era exatamente do tipo que Anna teria odiado, mas Robert curtia o entretenimento vazio oferecido por perseguições de carros e trocas de tiros. Sabia que teria gostado mais da experiência se Anna estivesse ao seu lado, fazendo comentários sarcásticos sobre a improbabilidade das cenas e as péssimas atuações. A esposa também tolerava os mesmos comentários sarcásticos que ele fazia sobre as comédias românticas de que ela tanto gostava.

Mesmo com a solidão sempre presente, aquela foi uma das noites mais relaxantes que Robert tivera em muito tempo. Sabia que precisava agradecer muito a Freddy Sempre Junto pela tranquilidade.

No dia seguinte, o brinquedo acompanhou Tyler à mesa do café da manhã, e depois foi com ele para a creche. No caminho, o garotinho nem pediu para brincar com o celular do pai. Ficou ali abraçado com o ursinho, conversando com ele.

Quando eles chegaram à sala de aula, a srta. Lauren se abaixou para analisar o novo brinquedo de Tyler.

— Quem é esse amiguinho novo?

— O Féddy! — contou Tyler, soando orgulhoso e feliz.

O garoto estendeu a pelúcia na direção do rosto da professora, como se ele a estivesse beijando na bochecha.

A jovem riu.

— O Freddy é muito bonzinho!

— Sei que vocês geralmente pedem para que as crianças não tragam brinquedos — começou Robert. — Mas a gente comprou esse urso ontem, e ele não quer largar de jeito nenhum.

A srta. Lauren sorriu e olhou para Tyler, que abraçava Freddy com força contra o peito. Era evidente como o brinquedo o fazia feliz.

— Bom, acho que, nesse caso, posso abrir uma exceção.

Robert sabia que as professoras da creche davam uma colher de chá para Tyler por ser órfão de mãe e ter apenas um pai triste, mas bem-intencionado, que muitas vezes parecia incompetente e sobrecarregado. Por um lado, não era legal que as pessoas o vissem dessa maneira, mas por outro, Robert ficava feliz que lhe quebrassem tantos galhos.

Vez ou outra, enquanto Robert trabalhava em sua baia, o Relógio Sempre Junto vibrava no pulso. Ele dava um toquinho na tela e lia as mensagens de Freddy:

Muita diversão com pintura de dedo!
Hmm, hora do lanchinho!
Hora de nanar! Que cochilo gostoso!

Havia algo reconfortante naquelas mensagens. Agora que Robert sabia o que o filho estava fazendo ao longo do dia, ele se sentia menos isolado, com a sensação de que participava da rotina do menino. De que eram mesmo uma família. Embora não fosse completa como Robert desejava, ainda eram uma família de verdade.

Assim como a srta. Lauren explicara para a turma de Tyler, a ideia de família consistia em uma junção de pessoas que se amavam. E aquilo já tinha muito valor.

No sábado, depois do café da manhã, Robert se serviu de uma segunda xícara de café e ajudou o filho a descer da cadeirinha.

— Que dia lindo, carinha! Por que a gente não vai lá fora brincar no tanque de areia?

— Isso! Aleia! — exclamou Tyler. Depois pegou o bicho de pelúcia com uma das mãos e estendeu a outra para o pai. — O Féddy qué bincá de aleia também.

— Certo — concordou Robert. — O Freddy pode ir junto, mas não vai poder entrar no tanque, tá bom? Senão vai ficar todo sujo de areia.

Robert tinha um acordo tácito com o brinquedo. O urso dava atualizações regulares sobre a segurança e o bem-estar de Tyler, e, em troca, Robert evitava que o menininho afundasse Freddy na água, o sujasse com molho de tomate, o enfiasse na areia ou o sujeitasse a qualquer outro tipo de sujeira ou perigo. Era uma relação mutuamente benéfica.

Já no quintal, Tyler empoleirou Freddy Sempre Junto na lateral do tanque de areia. Achava que, daquele jeito, o urso o "veria" brincar. Robert se acomodou numa cadeira no alpendre com sua xícara de café e também ficou observando o filho se divertir.

O menino amava o tanque de areia. Estava sempre lotado de brinquedos, como tratores, caminhões, escavadeiras e outros veículos de construção. Tyler amava pegar a pazinha de plástico, encher o caminhão com areia, mover o veículo de um lado para o outro enquanto fazia *vrum, vrum,* e depois despejar a areia só para começar tudo de novo. Pelo jeito, era algo de que nunca cansava.

De repente, Robert ouviu o celular tocando dentro de casa e percebeu que tinha esquecido o aparelho na bancada da cozinha. As tarefas de pai o deixavam tão distraído que vivia largando algo para trás.

— Ei, carinha, vou lá buscar meu celular — avisou ao filho. — Fica aí dentro do tanque de areia, pode ser?

— Tá bom, papai — respondeu Tyler, botando mais areia na carroceria do caminhão.

— Já volto — gritou Robert, no meio do caminho.

Entrou correndo na cozinha e pegou o telefone. O ícone de caixa postal brotou na tela, e ele clicou para escutar. Era uma mensagem gravada de alguma empresa suspeita tentando vender um seguro residencial do qual ele não precisava. Após deletar a mensagem, Robert voltou para o alpendre.

O tanque de areia estava vazio.

O medo fez o coração de Robert se apertar.

—— Tyler! — gritou ele. — Tyler!

Não teve resposta.

Correu até o lugar onde vira o filho pela última vez. Podia ver as marcas na areia onde o menino estivera sentado, mas já não havia sinal dele. Freddy Sempre Junto continuava empoleirado na beirada do tanque. Claramente não estivera "prestando atenção".

Robert olhou para o portão aberto — *estava fechado antes, não?* — e viu uma van branca que não conhecia se afastando. Será que Tyler estava lá dentro? Era a pior coisa que podia imaginar.

De repente, sentiu o Relógio Sempre Junto vibrar. A tela anunciava: "Você tem uma mensagem de Freddy." Após tocar no ícone, uma mensagem curta surgiu na tela:

Sumiu.

— Sumiu? — berrou Robert. — Como assim, *sumiu*? Como acha que isso vai me ajudar?

Ele chutou o urso de pelúcia com toda a força, lançando o brinquedo para o outro lado do quintal.

— Tyler! Tyler! — continuou gritando.

Correu para a rua, ensandecido. Vizinhos começaram a sair das casas para perguntar se havia algum problema, mas nenhum deles tinha visto o menino.

Será que alguém tinha aberto o portão, entrado no quintal e sequestrado Tyler nos poucos segundos que Robert levara para ir até a cozinha pegar o celular? Parecia impossível, mas era o tipo de coisa que sempre aparecia no jornal. Antes, aqueles pais também deviam achar que era uma possibilidade absurda, o tipo de coisa que acontecia com outras pessoas, não com você.

Até acontecer.

O celular. Ele tinha esquecido que estava com o celular. O tempo passava. Robert ligou para a polícia.

A viatura chegou bem rápido, ele precisava dar o braço a torcer. Eram dois policiais, um sujeito mais velho e grisalho e uma mulher de cabelo escuro.

— Certo, quando foi que o senhor notou o desaparecimento do seu filho? — perguntou a policial.

Agia com profissionalismo, mas dava para ouvir o tom genuíno de preocupação em sua voz. O distintivo dizia que seu sobrenome era RAMIREZ.

— Uns vinte minutos atrás, acho? — respondeu Robert. Estava tão desesperado que mal conseguia respirar. — Meu filho estava no tanque de areia, aí corri para pegar o celular lá dentro e, quando voltei, ele tinha sumido.

— E não tem nenhuma chance de ele ter entrado na casa enquanto o senhor pegava o celular e se escondido em algum canto? Algumas crianças adoram brincar de esconde-esconde — sugeriu o policial mais velho, identificado como COOK. — O senhor não imagina o tanto de criança que a gente encontra escondida embaixo da cama ou no armário, rindo sem parar por terem assustado a mãe ou o pai.

— Não, eu teria escutado se ele tivesse entrado em casa — explicou Robert. — Além disso, o portão da frente estava aberto quando voltei, e tenho quase certeza de que deixei fechado.

E eu vi uma van branca na rua. Sei que não é de ninguém da vizinhança. Talvez meu filho tenha sido sequestrado por alguém naquela van.

A policial Ramirez anotava tudo com fervor.

— O senhor chegou a anotar a placa?

— Não, a van passou muito rápido. Desculpa.

Na verdade, aquilo nem tinha passado pela cabeça dele. *Parece até que nunca vi um programa policial na vida*, pensou. *Sou um incompetente. Não sirvo nem para ser pai, e agora Tyler está pagando o preço.*

— Sem problemas — respondeu a policial Ramirez. — Sei que a situação é bem complicada. Mas preciso fazer todas essas perguntas para que a gente tenha as informações necessárias para encontrar seu filho. Agora… a mãe da criança mora com o senhor?

— Não. Ela morreu no parto.

Se ela não estivesse morta, pensou Robert, *Tyler provavelmente não teria desaparecido, porque ao menos teria alguém competente cuidando dele.*

— Sinto muito — lamentou a policial Ramirez. — Será que o senhor pode nos dar uma descrição física do seu filho?

— Ele tem dois anos — disse Robert. — Olhos castanho-esverdeados e cabelo escuro. Tem mais ou menos noventa centímetros de altura, e acho que na última vez que fomos à pediatra estava pesando uns doze quilos.

Pensar em cada detalhezinho de Tyler só tornava seu desaparecimento ainda mais doloroso. Noventa centímetros e doze quilos… Ele era tão pequenininho, tão indefeso.

— O-Olha, eu posso mandar uma foto dele para vocês.

Começou a fuçar a galeria do telefone.

— Sabe dizer que roupa Tyler estava usando quando sumiu? — continuou a policial Ramirez.

Que roupa ele havia escolhido para o filho naquela manhã? Nem tinha prestado muita atenção, porque não esperava ser interrogado sobre ela.

— Roupa de brincar. Bermuda azul, acho, e uma camiseta com estampa do Freddy Fazbear.

Dizer o nome do urso em voz alta trouxe à tona a mensagem dolorosa no relógio: "Sumiu."

Ele precisava se recompor. Pelo bem de Tyler.

— Tênis vermelhos — acrescentou. — E ele ainda usa fraldas, caso ajude.

Lágrimas começaram a brotar nos seus olhos. Tyler não passava de um bebezinho.

— Obrigada — agradeceu a policial Ramirez.

— Então… o que vocês vão fazer para encontrar meu filho? — quis saber Robert.

O policial Cook, que parecia satisfeito em deixar a parceira fazer as perguntas, enfim se pronunciou:

— Senhor, quando uma criança tão nova desaparece, pode acreditar que não vamos pegar leve. Faremos uma varredura completa na área. Vamos ver se conseguimos alguma informação sobre a van, e manteremos contato. Agora, o melhor que o senhor pode fazer é ficar em casa, com o celular por perto.

— Vocês vão emitir um daqueles alertas de criança desaparecida? — indagou Robert.

Não conseguia lembrar o nome do tal alerta, mas os recebia com certa frequência e sempre ficava perturbado. Sofria só de imaginar as crianças assustadas, os pais desesperados. Agora, ele era um daqueles pais.

— Um Alerta Amber? — perguntou o policial mais velho.

— Vamos colocar se não conseguirmos encontrar seu filho depressa, e se sentirmos que ele está em perigo iminente.

— Claro que está! — gritou Robert. — Ele tem dois anos, ou fugiu sozinho ou foi sequestrado por um maníaco. Como não ia estar em perigo?

— O senhor está preocupado, e a gente entende — falou a policial Ramirez, dando um tapinha no braço dele. — Esse é o maior pesadelo de qualquer pai ou mãe. Mas vamos fazer tudo que estiver ao nosso alcance para trazer o Tyler de volta, são e salvo.

Eram cinco da tarde, e ainda não havia nem sinal do menino. A polícia tinha garantido que estava averiguando a situação da van branca suspeita na região, mas ainda não haviam recebido informações úteis.

Robert estava largado no sofá, com o olhar perdido, atordoado. Nunca havia se sentido tão inútil, tão imprestável. Ele tinha uma única missão importante, que era manter o filho em segurança, e falhara miseravelmente. Todo mundo que ele amava morria ou desaparecia. Era incapaz de proteger qualquer pessoa, e agora estava sozinho. Provavelmente merecia.

O relógio de pulso vibrou, e ele sentiu um lampejo de esperança. Talvez o apetrecho tivesse alguma informação sobre o paradeiro de Tyler. Ele tocou na notificação que dizia "Você tem uma mensagem de Freddy", e um texto apareceu:

Por que você não vai até os Penhascos?

Robert estremeceu, como se a temperatura no cômodo tivesse caído vinte graus. A Pedra do Suicida. Ele já andava flertando com a ideia — sem Anna e sem Tyler, que razões tinha para continuar vivo? Pelo jeito, ele era tão inútil que até um brinquedo de criança o considerava um desperdício de órgãos.

Chega, pensou. Tyler estava desaparecido havia menos de oito horas. Se o filho ainda estivesse vivo, Robert precisava estar por perto. Não era lá um grande pai, mas era tudo que o menino tinha. Ele tentaria melhorar, tentaria não decepcionar o filho da próxima vez.

Olhou para a cornija da lareira, onde havia colocado Freddy Sempre Junto. Sabia que era ridículo, mas tinha a impressão de que o urso estava zombando dele. Julgando. Robert não era supersticioso, mas não conseguia ignorar a sensação de que o brinquedo atraía má sorte. Ele o segurou entre o polegar e o indicador como se fosse um rato morto. Depois o levou para fora, abriu a tampa da lixeira e descartou a pelúcia ali.

De volta à sala, Robert se acomodou no sofá. Geralmente, àquela altura do dia, ele começava a pensar no jantar. Aos sábados, quase sempre preparava algo simples, cachorro-quente ou sanduíche de queijo. Às vezes, pedia uma pizza, e eles assistiam a um dos filmes preferidos de Tyler, desenhos animados em que animaizinhos eram os heróis.

Robert também queria ser um herói.

Seu celular tocou. Ele o atendeu antes mesmo do segundo toque.

— Sr. Stanton? É a investigadora Ramirez.

— Encontraram meu filho?

O coração de Robert retumbava no peito.

— Ainda não, senhor, mas temos policiais espalhados por toda a cidade. Também estamos usando um cão farejador que tem um histórico excelente de localização de pessoas desaparecidas. Sei que pode parecer um pedido meio esquisito, mas o senhor teria alguma peça de roupa do seu filho? Para que um cachorro fareje? Uma camiseta que ainda esteja no cesto de roupa suja, talvez?

— Com certeza, tenho, sim.

Robert sempre deixava a roupa suja acumular.

Em geral, considerava aquele um dos seus muitos defeitos, mas naquele caso talvez pudesse vir a calhar.

— Bom, então se não tiver problema, vou dar uma passada aí para buscar.

— Claro, sem problemas — falou Robert, tentando não deixar a voz embargar. — Faço qualquer coisa para ajudar a encontrar meu filho.

Depois de desligar, Robert foi até o quarto de Tyler. Olhou para a caminha minúscula e pensou em todas as noites que havia passado ali, vendo o garoto embalado por aquele sono profundo e tranquilo, algo que só crianças pequenas são capazes de ter. Ele daria qualquer coisa para ver o filho deitado ali agora. Qualquer coisa.

Robert estendeu a mão e tirou do cesto uma camiseta listrada de azul e branco que o garoto havia usado no dia anterior. Quando a ergueu, pareceu tão pequena quanto uma roupa de boneca. Levou a camiseta até o nariz e cheirou. Areia de parquinho; suco de maçã; um aroma doce similar a feno que ele associava a bebês. Ao bebê *dele*.

Robert se sentou na cama de Tyler, afundou o rosto nas mãos e começou a chorar.

Quando a policial Ramirez chegou para pegar a camiseta, Robert já tinha se acalmado um pouco, mas ainda estava com os olhos vermelhos e inchados.

— Sei que é difícil — começou a investigadora. — Imagino que seja a coisa mais difícil pela qual o senhor já passou. Mas prometo que vamos fazer o possível para encontrar seu garotinho. Tenta descansar um pouco, ok?

Depois que ela foi embora, Robert voltou ao sofá da sala de estar. Aquela provavelmente era a coisa mais difícil pela qual já havia passado, tanto quanto perder Anna. Ele sabia que todo mundo passava por experiências ruins, mas com certeza sentia que já ultrapassara sua cota de sofrimento.

O celular vibrou. Ele tocou no ícone da mensagem.

Por que você não vai até os Penhascos?

A raiva de Robert cresceu consideravelmente. Talvez não fosse tanta loucura pensar que o urso o estava julgando. Afinal de contas, estava praticamente o incentivando a cometer suicídio. Bom, ele não ia tolerar aquilo, então foi até a lixeira onde havia jogado o brinquedo.

Trouxe o urso de volta para dentro de casa. De alguma maneira, ficava menos nervoso tendo a coisa em seu campo de visão.

Esperava não estar ficando maluco. Estava sob uma carga absurda de estresse, claro, mas precisava segurar as pontas por Tyler.

Tenta descansar, a policial Ramirez o aconselhara. Em vez de se deitar no sofá, Robert foi até o corredor que levava ao quarto, carregando a pelúcia.

Colocou o brinquedo na cama. Olhando para ele, sentiu uma pontada de raiva tão forte que seu estômago embrulhou. Correu até o banheiro e vomitou na privada, mas não expeliu muita coisa. Não comia nada desde o café da manhã.

Aquilo parecia ter acontecido anos atrás. Tudo ainda estava normal no café da manhã.

Tudo estava normal até ele levar Freddy Sempre Junto para casa.

De volta ao quarto, Robert fulminou o urso desgraçado com o olhar. Cerrou o punho e deu um soco na cara da pelúcia, depois outro. Logo ficou claro que os golpes não estavam fazendo muito efeito. O rosto do brinquedo afundava, mas depois se moldava de novo ao que era antes. Robert não estava causando dano algum, e a única coisa que queria, além de ter Tyler de volta em segurança, era machucar aquele urso.

Por isso, agarrou o brinquedo pela orelha e desceu as escadas. Foi até a cozinha e pegou uma caixa de fósforos que mantinha numa prateleira alta, fora do alcance do filho. Depois levou o brinquedo até a lixeira e o descartou de novo. Acendeu um fósforo e encostou no pelo do urso, esperando que pegasse fogo.

A pata da pelúcia chamuscou um pouco, mas não irrompeu em chamas. Provavelmente era revestido por algum produto químico retardante de fogo, uma medida de segurança. Bom, ele colocaria um fim naquilo. Agarrou o frasco de álcool que deixava perto da churrasqueira.

Encharcou o urso com o líquido. Acendeu outro fósforo e o jogou dentro da lixeira. Freddy Sempre Junto queimou em meio às labaredas. Robert o viu arder por alguns minutos, depois usou a mangueira do quintal para apagar o fogo. Não queria incendiar a casa sem querer.

Depois que as chamas se apagaram, ele se sentiu mais aliviado. Sabia que não fazia sentido algum, mas destruir o urso lhe dava a sensação que, de alguma forma, isso ajudaria a encontrar Tyler.

Na pior das hipóteses, o brinquedo não continuaria o instigando a se matar.

Robert enfim podia descansar, como a policial Ramirez havia sugerido. Depois de garantir que não havia mais chamas, ele voltou ao quarto, tirou a roupa e se enfiou embaixo dos lençóis. Tinha quase certeza de que não conseguiria dormir, mas era um alívio poder se deitar. Estava tão exausto que cada osso e músculo em seu corpo parecia pesado como chumbo. Não se entregou à inconsciência, mas ficou ali esparramado numa espécie de torpor, com os olhos abertos, sem prestar atenção em nada.

A vibração repentina do Relógio Sempre Junto fez Robert se sobressaltar.

Era impossível. Ele havia destruído o urso. Aquela coisa não podia mais mandar mensagens. Talvez tivesse caído no sono e aquilo fosse apenas um sonho. Não seria maravilhoso se tudo não passasse de um pesadelo horrível?

Robert deu um tapa na própria cara e sentiu o ardor. Não estava sonhando.

Ergueu o braço e conferiu o relógio. "Você tem uma mensagem de Freddy" piscava na tela. Com a mão trêmula, tocou no ícone.

Por que você não vai até os Penhascos?

— Não! — gritou Robert, tapando os ouvidos. — Não! Isso é impossível! O urso virou cinzas! Não tem como ainda estar mandando eu me matar! Não tem como estar me mandando fazer nada!

Robert correu até o quintal e ergueu a tampa da lixeira. O brinquedo estava chamuscado, mas ainda sorria. Ele estendeu a mão e o pegou. O urso fedia a fumaça e álcool e estava carcomido e escurecido em alguns pontos, mas fora isso seguia intacto.

Desde a morte de Anna, Robert passava tempo demais sem a companhia de adultos, e às vezes se sentia tão triste e solitário que cogitava procurar um terapeuta. No entanto, a essa altura, falar com um profissional não seria suficiente. Perder Anna e Tyler logo em seguida o levara a perder outra coisa: a sanidade.

Mas ele destruíra o urso. Tinha se certificado com os próprios olhos.

Quando viu o brinquedo pela primeira vez na loja, tinha achado Freddy muito fofo, um amiguinho para seu garotinho. Ali, na lixeira, o sorriso até então encantador do urso parecia maligno. Era como se suas sobrancelhas estivessem curvadas para baixo numa clássica demonstração cartunesca de maldade. Estava tudo muito claro: Robert levara o ursinho de pelúcia para dentro de casa, e Tyler tinha desaparecido. O sumiço do menino era culpa de Freddy.

Que não podia continuar existindo.

Robert pegou as chaves do carro no bolso. Colocou o urso na garagem, bem diante da roda dianteira do veículo, depois entrou e deu a partida. Sentiu uma leve resistência quando passou por cima do brinquedo, mas engatou a ré e o atropelou de novo. Depois avançou uma última vez, deixando o corpo da pelúcia esmagado sob o pneu, uma panqueca peludinha de Freddy.

Quando voltou para casa, ouviu o celular tocando. Como podia ter sido burro o bastante para esquecer o telefone lá dentro outra vez? Por causa daquele tipo de idiotice, Tyler havia sido sequestrado. Ele correu para atender.

— Alô?

— Sr. Stanton, aqui é a policial Ramirez. Tudo bem com o senhor?

Era uma pergunta tão absurda que ele quase começou a rir. Claro que não estava tudo bem. O filho tinha desaparecido, e ele havia passado os últimos cinco minutos atropelando intencionalmente o urso de pelúcia favorito do menino. Aquele não era o comportamento de alguém que estava bem. Robert ignorou a investigadora e fez a única pergunta que importava:

— Encontraram ele?

— Ainda não, sr. Stanton, mas eu queria avisar que já levamos a peça de roupa para o cão farejador e as varreduras vão começar. Também pegamos as placas de todas as vans brancas da região e vamos analisar uma a uma para ver se algum proprietário tem ficha criminal. Estamos fazendo de tudo para encontrar seu menino. Ligo amanhã cedo para passar mais atualizações.

A manhã do dia seguinte parecia estar a uma eternidade de distância. Como ele ia sobreviver até a manhã seguinte sem Tyler, sem informações sobre o filho?

— Tem alguma coisa que eu possa fazer?

— Fique perto do telefone. Descanse. Reze, se isso der algum conforto. E não perca as esperanças.

— Obrigado — falou Robert.

Mas, além de destruir o urso, realmente não havia nada que ele pudesse fazer. Era um caso perdido, sem salvação.

Assim que desligou, o relógio de pulso vibrou.

— Como? — berrou ele. — Como é possível?

Ele sabia o que encontraria quando abrisse a mensagem, e sua vontade era atropelar o relógio como tinha feito com o urso, mas ainda havia uma mínima chance — não havia? — de ser algo relacionado a Tyler. Algo que pudesse ajudar a encontrar o garoto. Então, Robert cerrou bem os dentes e tocou na notificação.

Por que você não vai até os Penhascos?

Desolado, Robert caiu de joelhos e começou a chorar.

Quanto mais o urso o mandava ir até os Penhascos, mais o suicídio parecia um alívio bem-vindo para seu sofrimento. Claro que seria horrível parar na beirada, olhar para as pedras afiadas lá embaixo e criar coragem de pular. Mas a queda seria tão rápida que ele nem teria tempo de pensar ou sentir nada, e o impacto do seu corpo contra o chão seria tão forte que ele morreria imediatamente. Mesmo que houvesse dor física, seria menos doloroso do que a angústia que parecia rasgá-lo ao meio. Sem Anna e Tyler, que razões ele tinha para viver?

Se fosse até os Penhascos, poderia se juntar a Anna na morte. Talvez houvesse até uma possibilidade de a ver de novo em algum plano espiritual. E claro, era possível que Tyler também estivesse…

O pensamento era tão terrível que o fez correr até o banheiro para vomitar até o que não tinha em seu estômago. Ele se debruçou sobre a privada, se engasgando e soluçando. *Meu menininho, meu menininho*, eram as palavras que se repetiam sem parar na sua cabeça. Enfim, deu a descarga e endireitou o corpo. Teve um vislumbre de si mesmo no espelho e ficou chocado com o que viu.

Parecia ter envelhecido dez anos num só dia. Os olhos inchados, o rosto pálido e molhado pelas lágrimas e pelo ranho. Num impulso, abriu o registro do chuveiro. Talvez ficar embaixo da ducha o ajudasse a se acalmar e relaxar um pouco. Ele se despiu e entrou no boxe. Deixando os jatos de água quente massagearem o pescoço e os ombros, sentiu a mente exausta começar a vagar.

O aniversário de um ano de Tyler. Sabendo que crianças pequenas adoravam tudo relacionado à destruição, Robert tinha comprado para Tyler um "smash cake" especial que o garotinho poderia destruir, além de outro bolo maior que ele cortaria e serviria aos convidados. Lembrou de Tyler sentado na cadeirinha, usando um chapeuzinho de aniversário. Quando ele viu o bolo à sua frente, começou a gargalhar e imediatamente enfiou as duas mãozinhas na massa. Ficou ali batendo nele várias e várias vezes, até decidir lamber os dedinhos cheios de glacê. O menino gostou tanto dessa nova descoberta que mergulhara a cara no bolo, voltando com a boca e o rosto todos sujos.

Robert filmara tudo, às gargalhadas.

Aquele tinha sido um dia muito feliz. Na época, tinha pensado como aquele seria o primeiro de vários aniversários felizes ao lado do filho, o primeiro de muitos que celebrariam juntos.

O pensamento não podia ter sido mais equivocado.

As palavras de Freddy ecoavam na sua cabeça. *Por que você não vai até os Penhascos?*

Depois, voltaram as memórias de outra época, dois anos antes daquela festinha: o primeiro aniversário de casamento de Robert e Anna. Como eram bodas de papel, a tradição mandava trocar presentes feitos de papel. Robert tinha pegado um livro sobre origami na biblioteca e, depois de muitas tentativas fracassadas, enfim aprendera a fazer tsurus. Durante semanas, dedicara cada minuto livre a dobrar os passarinhos de papel. Na noite do aniversário de casamento, eles tinham ido ao restaurante japonês favorito dos dois e Robert presenteara Anna com uma caixa cheia de cem tsurus, um para cada ano feliz que viveriam juntos.

Robert sabia que era impossível que ele e Anna passassem cem anos juntos. No entanto, nem em seus pesadelos mais sombrios imaginaria que teriam só mais um ano pela frente. Será que algumas pessoas estavam fadadas a perder todos que amavam? Ou aquela era apenas a maldição de Robert?

As palavras lhe ocorreram de novo: *Por que você não vai até os Penhascos?*

Robert ficou debaixo do chuveiro até a água esfriar e ele começar a tremer. Fechou o registro e pegou uma toalha. Depois de se secar, vestiu o roupão, mas ainda estava tremendo — não só de frio, mas também de tristeza e medo.

Como era possível que o urso ainda o estivesse ameaçando? Ele não o destruíra? Robert se lembrou de um trecho da descrição do brinquedo: *Freddy Sempre Junto é o amigo que sempre estará presente.*

Ele vestiu uma camiseta velha e uma bermuda qualquer, depois pegou uma tesoura no armário do banheiro e correu até a garagem. Arrancou o boneco de debaixo do pneu, o colocou em cima do capô e começou a apunhalar com a tesoura a área onde o coração estaria, se o brinquedo tivesse um.

— O que preciso fazer para você ir embora? — berrou Robert, ainda perfurando o ursinho. — Por que não morre? Você nem devia estar vivo!

O peito do brinquedo fora reduzido a farrapos. Pedaços de enchimento começavam a escapar pelos rasgos.

Robert ainda se perguntava se devia ou não arrancar toda a espuma quando seu relógio de pulso vibrou. Ele sabia o que esperar. Sabia que seria terrível. Mas o resquício de esperança que ainda existia em seu peito sussurrou: "E se…?" E se fosse alguma notícia sobre Tyler? E se ainda tivesse salvação?

Então, respirou fundo e clicou na notificação.

Por que você não vai até os Penhascos?
Por que você não vai até os Penhascos?
Por que você não vai até os Penhascos?

— Que tal se…

Robert arrancou o relógio do pulso e o atirou no chão, pisando em cima do dispositivo, que enfim se calou.

Ele pegou o urso e encarou seus olhos vazios e esbugalhados. Toda a raiva e toda a dor se transformaram em um sentimento que, de alguma maneira, parecia ainda pior.

— Beleza — disse para o urso de pelúcia, se sentindo mais esgotado do que nunca. — Vamos juntos até os Penhascos.

É a única coisa lógica a se fazer, pensou Robert.

O homem se sentia vazio. Era uma casca oca, como uma casa queimada com o interior destruído. Podia não parecer tão horrível olhando de fora, mas não havia muito o que salvar por dentro. Era hora de trazer a bola de demolição. A destruição final era mera formalidade.

Robert pegou Freddy e voltou para dentro. Na cozinha, encheu o pote de comida do gato até a borda e deixou uma cumbuca extra de água ao lado. Aquilo manteria Bartolomeu bem até a polícia encontrar o corpo de Robert e ir vasculhar a casa.

Os policiais levariam o animal a um abrigo, que lhe arranjaria um novo lar. O gato nem gostava dele.

Por um instante, Robert cogitou deixar um bilhete, mas quem o leria? Quem se importaria? Se tivesse alguém para quem escrever, não estaria pensando em ir até os Penhascos. Então, só pegou o urso de pelúcia e saiu pela porta da frente, deixando a maçaneta destrancada para facilitar o trabalho dos policiais quando fossem investigar.

Com Freddy Sempre Junto em mãos, ele foi a pé até os Penhascos. O céu noturno estava começando a mudar de preto para um cinzento que anunciava a aurora. Um dos vizinhos já se preparava para sua corrida matinal. Robert nem lembrava o nome dele, mas o homem diminuiu o passo quando o viu.

— Alguma novidade sobre seu menino? — perguntou.

Pelo jeito, os fofoqueiros da vizinhança estavam trabalhando a todo vapor.

Robert não conseguiu se forçar a falar, então só negou com a cabeça.

— Tenho certeza de que ele está bem — continuou o sujeito, mas Robert sabia que era mentira. Como o homem poderia ter tanta certeza de algo que nem a polícia sabia? — Me avisa se precisar de alguma coisa.

Robert sabia que a intenção do vizinho era boa, mas essa era outra coisa absurda de se dizer para alguém naquela situação.

Quero meu filho de volta, pensou ele. *Mas como o universo é cruel demais para permitir que isso aconteça, vou pular do topo dos Penhascos. Se você não pretende me ajudar com nada disso, então é inútil para mim. Tchau.*

O homem voltou à sua corrida, e Robert disparou no sentido oposto. Mas não se movia como alguém que estava apenas se exercitando, e sim como alguém perseguido por demônios.

Correu até chegar aos Penhascos. Sem nem pensar, seguiu direto até a Pedra do Suicida, ainda segurando seu inimigo de pelúcia. Quando parou no topo e olhou para o chão rochoso lá embaixo, sentiu ânsia de vômito. Ele morria de medo de altura, mas achava um medo bem racional. Não era absurdo temer algo que realmente era mortal. E mesmo ali, embora a morte fosse o objetivo, ele ainda sentia medo ao contemplar a queda.

Robert ergueu o urso e o encarou.

— É isso que você quer, né? — perguntou.

Lágrimas começaram a brotar nos olhos dele quando pensou em Anna morrendo na mesa de parto durante o que deveria ter sido o momento mais feliz da sua vida. Ela nunca teria escolhido deixar a vida tão cedo. Tampouco ia querer que Robert fizesse algo assim, especialmente considerando que ele, ao contrário dela, tinha outra escolha.

A vida que Robert vinha levando desde a morte de Anna não era realmente uma vida. Ela também não ia querer que o marido ficasse daquele jeito. Não ia querer que se isolasse dos amigos e comesse sanduíches mixurucas na própria mesa de trabalho. Anna ia querer que ele saísse com os colegas para aproveitar o rodízio japonês pela metade do preço. Ia querer que ele apreciasse a paternidade, mas também que curtisse a companhia dos amigos. Anna amava a vida e amava Robert. Não ia querer que ele desistisse de si mesmo.

E também não ia querer que ele desistisse de Tyler, não quando ainda havia uma pequena esperança de o menino estar vivo.

Robert pensou em Tyler esticando os bracinhos e pedindo "Me pega, papai", ou rindo e dizendo "Papai bobo", ou brincando com ele de fazer cócegas, de criar rimas e ler livrinhos. Era fácil se sentir sobrecarregado pelos estresses diários da vida de pai solo — o esforço de manter uma criança limpa, alimentada e bem-cuidada dia após dia. E era inegável que lidar com o humor de um bebê às vezes se provava um desafio considerável. Mas a verdade era que a maioria dos momentos que os dois passavam juntos era incrível. Ele não trocaria aquilo por nada.

Se houvesse uma mínima chance de ouvir a voz do filhinho de novo…

Robert ergueu o urso desgraçado, encarou seus olhos vazios e lançou o bicho de pelúcia com força para longe. Depois foi até a beirada e cuspiu, como um gesto de desafio ao que o brinquedo quase o forçara a fazer. Ou ao que ele quase permitira que o brinquedo o forçasse a fazer.

—Tyler não ia querer que eu partisse! — gritou Robert a plenos pulmões depois que o urso se chocou nas pedras lá embaixo.

A voz dele ecoou pelo cânion: *isse, isse, isse*.

Robert olhou para as rochas, mas também para o céu, onde a aurora pintava as nuvens de um rosa bem clarinho, a mesma cor de um vestido que Anna costumava usar. Ele sempre dizia que aquela peça realçava o rubor bonito das suas bochechas.

Anna iria querer viver. Tyler queria viver... Por favor, que ele esteja vivo, pensou o homem. Os dois iam querer que Robert vivesse também.

Ele voltou a olhar para as rochas lá embaixo, depois para as nuvens rosadas lá em cima. A vida era dura, mas também podia ser linda. As duas pessoas que ele mais amava no mundo não iam querer que ele se esquecesse daquilo.

Enquanto o sol nascia, Robert ouviu a cantoria dos pássaros matinais e o ruído de um animal que não conseguia identificar. O miado de um gato, talvez? Os gritos pareciam vir de um ponto abaixo dele, de um dos vários buracos que criavam cavernas rasas na escarpa rochosa.

Quanto mais Robert ouvia o som, mais concluía que parecia quase humano. Será que...

Com o coração prestes a sair pela boca, ele seguiu até a encosta do penhasco. Precisou se segurar para resistir à perigosa tentação de sair correndo. Seria muito constrangedor se, depois de ter decidido viver, ele caísse sem querer do penhasco. Conforme se aproximava das cavernas, os gritos ficavam mais distintos; era o ruído agudo de um animal ferido, mas também podia ser uma criança assustada.

Robert parou diante das aberturas na encosta rochosa, esperando ver o filho, e não um animal que talvez o atacasse por medo.

— Tyler! — berrou. — Tyler, é você?

— Papai!

A voz de Tyler, cansada de tanto chorar, irrompeu do buraco mais próximo.

— Papai, papai! Me pega!

O espaço não era largo o bastante para permitir a passagem de Robert.

— Não consigo entrar aí, carinha. Você vai precisar vir até mim! Segue minha voz, carinha! Você consegue!

Ele começou a ouvir o barulho de algo se arrastando pelo buraco. Depois do que não podia ter sido mais do que um minuto, a cabeça de Tyler surgiu da abertura na rocha como se ele fosse um bichinho selvagem. O menino esticou os bracinhos, e Robert o puxou num abraço. Tyler estava sujo e suado por ter passado a noite na caverna, mas para Robert, ele ainda tinha o cheiro mais doce do mundo.

—Você quase me matou de susto, carinha — disse Robert, apertando o filho com mais força. — Por que raios você fugiu desse jeito?

— Eu vi um au-au — respondeu o menino, como se fosse uma explicação perfeitamente razoável.

— Então você tentou seguir o au-au e se perdeu?

— Aham.

Tyler pousou a cabeça no ombro do pai.

— Bom, isso foi bem perigoso, carinha. Não pode sair do quintal sem mim. Promete que nunca mais vai fazer isso?

—Tá bom, papai — concordou Tyler, e Robert torceu para que ele realmente tivesse entendido.

— Ótimo, vamos para casa.

— Sim, me pega — pediu Tyler, parecendo cansado.

— Tá bom, carinha.

Robert também estava cansado, mas depois que havia encontrado o filho, sentia que tinha força para carregar o menino por milhões de quilômetros.

Enquanto se afastavam da Pedra do Suicida, Tyler chamou:

— Papai?

— Fala, carinha.

— Tô com sede.

— Aposto que está. A gente vai beber um montão de água quando chegar em casa.

— E eu queio banana com mantega de minduim, pode?

— Claro.

Robert imaginava a fome que o garoto devia estar sentindo. Ele não comia nada desde o dia anterior. O homem estava feliz por poder preparar o lanchinho preferido do filho de novo: rodelas de banana mergulhadas em manteiga de amendoim. Crianças adoravam fazer uma mistureba na hora de comer.

— Também vou preparar um macarrão com queijo especial para a janta, pode ser?

— Eba!

Honestamente, o macarrão com queijo de Robert não tinha nada de especial — vinha direto da caixa. Mas aquele seria especial, porque Tyler estava de volta, são e salvo, e eles comeriam juntos. Daquele momento em diante, cada minuto que compartilhassem seria especial.

Um pensamento ocorreu a Robert quando chegaram aos penhascos mais baixos.

— Espera só um minuto, carinha. Quero ver uma coisa.

Sem chegar muito perto da beirada, Robert espiou lá embaixo, na direção de onde havia atirado Freddy Sempre Junto.

Não havia nem sinal do urso.

—Vê o quê, papai? — perguntou Tyler.

— Nada, carinha. Mas olha só como o céu está lindo. Sua mamãe tinha um vestido da mesma cor dessas nuvens.

Ele decidiu que não manteria mais segredo sobre Anna.

Tyler precisava ouvir sobre a mãe, assim como Robert precisava falar sobre ela. Se conversassem a respeito, e se pensassem nela, Anna continuaria com eles.

— Mamãe bonita — falou Tyler.

— É, ela era mesmo — afirmou Robert. — Quer ver umas fotos da sua mamãe algum dia?

— Queio! — respondeu Tyler.

No dia seguinte, decidiu Robert, ele pegaria algumas fotos de Anna no porão. Colocaria porta-retratos na cornija da lareira da sala de estar, e talvez um no quarto de Tyler também.

— A gente vai fazer isso amanhã, então — avisou Robert. — E posso contar umas histórias sobre ela. Sua mamãe era muito bonita, inteligente e legal.

— O papai é legal também — acrescentou Tyler.

Era um elogio considerável vindo de um menininho.

— Valeu, carinha. Eu te amo — falou Robert, abraçando Tyler com força enquanto se afastavam dos Penhascos.

— Eu te amo, papai.

—Também te amo muito, carinha.

Robert colocou Tyler no chão.

O garotinho estendeu a mão para o pai, e eles voltaram juntos para casa.

A RODA DO DESPEDA-CAMENTO

— Eu. Odeio. Ele — sussurrou Reed entredentes.

Do outro lado da fileira de mesas, Shelly soprou a franja escura, espiou de soslaio a nuca de Julius, depois revirou os olhos para Reed.

— Novidade...

Reed a observou de canto de olho.

— Nunca é demais repetir.

Julius, como sempre, estava se gabando dos seus talentos, e logo emendou em uma leva de reclamações. Bem a cara dele. O garoto estava sempre dizendo por aí como era melhor do que todo mundo ou tentando culpar os outros por suas próprias atitudes. Com frequência, Reed era o alvo. — da culpa e do bullying que Julius fazia.

— Você precisa ignorar esse cara — sugeriu Shelly.

— Não dá... — disse Reed. — Ele é o maior imbe...

—Tem algo a acrescentar à observação de Julius? — perguntou a professora.

A sra. Billings dava aula de robótica e era a pessoa perfeita para aquela matéria: pequena, rosto comum, geralmente desprovido de emoção. A mulher era tão rígida que já haviam levantado mais de uma vez a possibilidade de ela ser um robô.

Na primeira semana de aula, o irmão gêmeo de Shelly (e outro melhor amigo de Reed), Pickle, comentara que não havia ninguém melhor para ensinar robótica do que uma inteligência artificial. Ele estava convencido de que a sra. Billings era uma androide. Passara semanas bolando um plano para provar sua hipótese. Como até o momento o tal plano consistia em cortar a professora ao meio, Shelly não deixava o irmão ir adiante.

Assim, o que havia por baixo da pele clara da mulher ainda era um mistério. Reed endireitou a cadeira, se sentou com as costas eretas diante da mesa e respondeu a pergunta da sra. Billings.

— Éééé… Não?

Reed não tinha nada a acrescentar à observação de Julius porque nem a escutara. Quando o outro garoto falava, tudo que ele ouvia era o zurro alto e nasal de um jumento.

De qualquer maneira, Julius nunca dizia nada digno de ser ouvido. Só sabia insultar, reclamar ou se vangloriar.

A professora encarou Reed, com seus olhos gélidos e azul--claros, por tempo o bastante para que ele começasse a se encolher, depois voltou a atenção para o restante da classe. Afastando o longo cabelo loiro do ombro, ela recomeçou a falar.

— Então vamos conversar sobre a preocupação de Julius. Como Dilbert poderia evitar que seu controle remoto afetasse o exoesqueleto de Julius?

Reed sabia que aquela discussão seria uma repetição da disputa entre controles remotos por infravermelho e por radio-frequência; como a conversa já o entediara na primeira vez, resolveu não prestar atenção na segunda. Além do mais, àquela altura, já sabia que ia tomar bomba no projeto, fosse lá o que aprendesse ou deixasse de aprender.

O garoto olhou para o exoesqueleto de tamanho médio parcialmente construído sobre a mesa. Tinha começado a trabalhar nele assim que a professora explicara qual seria o projeto do semestre. A impressão, porém, era a de ter acabado de começar, porque havia perdido muitas informações pertinentes nas aulas anteriores. Ele até havia tentado usar o livro didático para ajudar a preencher as lacunas, mas nem conseguia entender direito o que estava escrito ali.

Ao apresentar pela primeira vez o conceito de exoesqueletos, a sra. Billings descrevera os apetrechos como "estruturas simples que podem ser acopladas a outras coisas para obter mais mobilidade". Depois, explicara como aquilo podia ser expandido se as fontes de energia da estrutura pudessem adicionar funcionalidade suficiente para que fosse possível controlar quem a vestisse. A informação dera uma ótima ideia ao garoto: seu plano era fazer algo que coubesse na boneca absurdamente irritante de sua irmãzinha Alexa. Achara que seria hilário usar o brinquedo para assustar a irmã — uma clássica pegadinha fraternal. Naquele momento, porém, sua ideia já não tinha muitas chances de virar realidade.

Antes que Reed tivesse chegado a um décimo do próprio projeto, os de Shelly e Pickle já passavam da metade. E, àquela altura, ambos já tinham terminado, algumas semanas antes da data de entrega.

O robô de Pickle era franzino, do tamanho de um carrinho pequeno de controle remoto — um diminuto esqueleto de metal, apenas vagamente parecido com algo humanoide, sem muita personalidade. Não era lá grandes coisas em termos de aparência, mas tinha habilidades incríveis. Com seu controle remoto personalizado e improvisado, o garoto conseguia fazer o boneco dançar break, se quisesse. O robô de Shelly era parecido, mas tinha forma de cachorro em vez de gente. Era mais ou menos do tamanho do labrador da família, Tales, que, segundo a menina, tinha recebido o nome em homenagem ao primeiro cientista, Tales de Mileto, um cara da Grécia Antiga que fazia várias coisas relacionadas à ciência e à matemática. Reed lembrava o nome e a origem do homem, mas por alguma razão era incapaz de se recordar de qualquer outra coisa que Shelly havia lhe contado sobre seus feitos. Não que fizesse diferença.

O importante era que o robô da menina era feito para imitar um cachorro comportado — e, pelo visto, ela poderia ganhar uma competição de cães com aquela coisa. Shelly ia tirar nota máxima, como sempre.

Por que Reed tinha permitido que os gêmeos o convencessem a fazer aquela matéria? Sim, eram seus melhores amigos, mas nem por isso *ele* era um cientista como os dois. Curtia computadores, mas nada relacionado à robótica. Queria era combinar seu amor por ficção com sua aptidão para programação para se tornar designer de games. Não levava jeito para ser engenheiro, e era péssimo em construir coisas. Shelly e Pickle sabiam muito bem daquilo. Afinal de contas, Shelly sempre fazia questão de lembrar ao amigo como ele já demonstrava uma total inaptidão para aquele tipo de trabalho desde a época em que os dois brincavam com bloquinhos de montar. Já estavam no primeiro ano do ensino médio, e Shelly caía na risada a cada modelo de ciência ou maquete de evento histórico que os professores passavam para eles. Os esforços de Reed para construir algo a lembravam da "cabaninha de gravetos" que o menino tinha feito aos cinco anos — uma que parecia menos uma cabaninha e mais os escombros de uma explosão. Mas, apesar das provocações bem-humoradas, o garoto sabia que Shelly não o fizera cursar aquela matéria só para rir da cara dele. Já Pickle não se interessava pelos erros dos outros para fazer coro à humilhação de Reed.

— É legal quando a gente faz aulas junto — dissera Shelly no dia da matrícula.

Pickle se limitara a dar um resmungo que podia ser tanto de concordância quanto de desinteresse.

A verdade era que Reed faria qualquer coisa que Shelly pedisse. Eram amigos, e tinham sido amigos por tempo demais para que ela o visse como qualquer outra coisa além disso. O garoto, por sua vez, passava mais tempo do que gostaria de admitir pensando sobre como seria se fossem *mais* do que amigos. Depois de quase dez anos, porém, a ideia ainda era o que seu pai chamava de "castelo nas nuvens".

Ou talvez não fosse. Às vezes, enquanto conversavam, Shelly o fitava com algo que lembrava admiração, como se o estivesse considerando sob uma luz diferente.

Como no caso do clichê do *castelo nas nuvens*. Certa vez, enquanto desciam do ônibus, Shelly comentara sobre querer algo que era "impossível". Reed tinha acabado de ver nuvens que pareciam exatamente com um castelo, por isso apontara para elas e dissera a Shelly: "Olha, um castelo nas nuvens. Meu pai usa essa expressão quando fala de sonhos impossíveis. Significa que eles podem se tornar realidade, mesmo que seja em outra dimensão." Ele estava só zoando, mas Shelly havia respondido que era verdade, e o olhara como se de repente o garoto tivesse se tornado interessante.

Reed se virou para Shelly. A garota estava focada na professora, e mordia a ponta do cabelo grosso e escuro, cortado num chanel meticuloso, cujas pontas ficavam bem na altura da boca. Quando se concentrava, ela sempre mordiscava os fios. Era uma das poucas pequenas imperfeições que Reed notava nela — e, como todas as outras, era irremediavelmente encantadora.

Não, ele não achava que Shelly e Pickle queriam ver o amigo passar vergonha só para tirar sarro. Seria algo maldoso, e os dois não eram maldosos. Talvez fossem meio sem noção às vezes, porque ficavam entretidos com seus livros e projetos e se esqueciam de agir como pessoas normais, mas não eram maldosos.

Julius, por outro lado, era.

Reed olhou de cara feia para as ondas douradas que cascateavam da cabeça do garoto. Shelly tinha dito uma vez que o cabelo de Julius era "perfeito", embora admitisse que sua personalidade ficava entre detestável e execrável. A última palavra, entre outras, lembrou a Reed que nunca mais deveria dar um dicionário de presente à amiga.

— Por que ele precisa usar um controle remoto por radiofrequência? — queixou-se Julius para a professora. — Não quero aquela porcaria controlando meu exoesqueleto.

Ai, meus ouvidos, pensou Reed. Quando Julius choramingava, sua voz subia uma oitava, e ele soava como uma fuinha assustada com sinusite. Quem se importava com aquele cabelo perfeito? *Dá vontade de vomitar*, pensou Reed. E quem ligava para Julius ser alto e musculoso, ou para o fato de as meninas fúteis que avaliavam garotos com base na aparência ou riqueza em vez do caráter o acharem um gato? A voz de Julius dizia tudo o que era preciso saber sobre ele: o cara agia como um babaca para que ninguém notasse que não era nada além de uma fuinha chorona.

Todas as roupas caras que Julius vestia não eram o suficiente para disfarçar quem ele era de verdade. Nem todos os jeans pretos, tênis de basquete caríssimos, looks de marca ou lenços estilosos do mundo seriam capazes de disfarçar uma fuinha daquelas.

Reed olhou para o pé de metal do exoesqueleto desengonçado de Julius, pendurado para fora da mesa do garoto. O projeto era uma espécie de "traje" que o próprio Julius planejava usar. Era um aglomerado de estruturas de metal acopladas a "articulações" mecânicas nos ombros e cotovelos, no quadril e nos joelhos, com correias de couro e fechos de metal que serviriam para prender o apetrecho ao corpo. Pouco antes, o garoto estava se gabando de como ficaria ainda mais rápido e forte do que já era. Grande bosta.

Para Reed, exoesqueletos eram meio parecidos com andaimes — algo que uma raça de pessoinhas minúsculas criaria e prenderia a um corpo humano para poder subir nele e o consertar. Inclusive, o garoto adoraria que o traje fosse uma série de andaimes e que uma raça de pessoinhas minúsculas pudesse consertar Julius, que sem dúvida precisava de reparos.

— Dilbert? — chamou a sra. Billings, e Pickle ergueu a cabeça. Seu nome verdadeiro era Dilbert, mas a família e os amigos o chamavam carinhosamente de Pickle, uma brincadeira com seu nome e a receita de picles em conserva. — Pode explicar para a turma por que escolheu usar um controle por radiofrequência?

— Claro. Não é só um controle por radiofrequência, na verdade. Ele tem um extensor por infravermelho. Quero que ele funcione até através de paredes.

Pickle fungou antes de continuar:

— Acho que o problema não é meu controle, na real. Ele está funcionando perfeitamente. Se o projeto do Julius não funciona, não é ele quem deveria fazer ajustes? Por que *ele* — Pickle apontou para o outro garoto — não instala um filtro supressor de ruídos no caminho de sinal? Também dá para mudar a frequência. Ou conferir as macros. Talvez estejam programadas muito próximas das minhas.

Pickle fungou de novo. Não estava resfriado, era só um fungador inveterado. Apesar de ser baixo e ter cabelos escuros como a irmã gêmea, Pickle infelizmente não se parecia com ela. Shelly era realmente bonita — só que ninguém além de Reed notava, porque ela era intensa demais. Ou talvez tivesse a ver com as camisas de botão largas e as calças jeans que sempre usava.

Pickle, por outro lado, jamais seria considerado bonito. Com olhos fundos, monocelha quase preta, nariz adunco e uma boca estranhamente pequena repleta de dentes tortos, o garoto não podia contar com a aparência para chegar a lugar algum. Ele precisaria confiar na inteligência para crescer na vida. Felizmente, isso era algo que tinha de sobra.

O garoto estreitou os olhos para Julius antes de desferir o golpe fatal.

— Pode ser até que ele tenha *roubado* minhas macros.

— Roubei nada! — gritou o outro. O som saiu como uma mistura de buzina e guincho.

A professora apertou um botão no próprio controle, que comandava pelo menos uma dezena de criações robóticas espalhadas pelo recinto. Braços esqueléticos acoplados a um macaco segurando pratos começaram a bater o instrumento. O som metálico fez todos se calarem.

Julius cruzou os braços, de cara amarrada, mas logo parou de choramingar.

Todos os outros alunos ficaram quietos.

Depois de cinco segundos, a sra. Billings voltou a falar calmamente, com seu tom neutro e equilibrado.

— Dilbert tem ótimos argumentos, Julius. Sugiro que você tente implementar algumas estratégias próprias de modificação. Para ter sucesso na robótica, não deve esperar os outros mudarem os próprios equipamentos para que o seu funcione direito.

Vivemos em um mundo cheio de sinais de infravermelho. Você vai ter que resolver esse problema aplicando as técnicas e o conhecimento que adquiriu em sala de aula.

Reed começou a rir ao ver as orelhas vermelhas de Julius. *Toma essa! Rá!*

Depois, olhou ao redor para conferir se mais alguém estava curtindo o constrangimento do garoto tanto quanto ele. Seu olhar recaiu sobre Leah, uma garota curvilínea com óculos redondos que Reed vinha admirando desde o começo do ano. Ninguém queria conversar com ela, mas nada abalava seu jeito alegre e confiante. Leah notou o olhar de Reed e respondeu com uma piscadela. Se era um sinal de que também estava gostando de ver Julius se dar mal, não ficou claro, mas Reed sorriu mesmo assim.

Os demais quinze alunos da turma nem olharam para Julius ou Reed. Apenas mexiam nos próprios projetos ou encaravam a professora. *Vai entender.* Aquela turma não era exatamente o que se esperava de um grupo de alunos do primeiro ano. Com exceção de Julius, que era uma mistura esquisita de atleta, nerd e valentão, todos os outros na sala poderiam muito bem estar concorrendo ao título de Maior Nerdola do Ano. Havia mais óculos, cabelos esquisitos e combinações de roupas duvidosas ali do que no restante da escola. A turma de robótica poderia ser chamada de "turma dos esquisitos".

— Certo — retomou a professora. — Mais alguma pergunta ou reclamação?

Ninguém se pronunciou nem se moveu.

— Ótimo — continuou ela, ficando de pé e se aproximando do quadro. — Vamos falar mais a fundo sobre atuadores. Percebi que alguns de vocês estão tendo dificuldade com o assunto. Quais são os quatro tipos comuns de atuadores sobre os quais falamos semana passada?

Shelly ergueu a mão na mesma hora. Reed conteve o sorriso. Não existia pergunta que a garota não soubesse responder; por alguma razão, ele adorava ver a mão pequena da amiga, cujas unhas estavam todas roídas, se erguer no ar, vibrando de ansiedade. A empolgação dela era audível por causa das pulseiras de contas que gostava de usar; tilintavam umas contra as outras enquanto a garota esperava a professora autorizá-la a falar.

— Pode responder, Shelly.

— Motores elétricos, solenoides, sistemas hidráulicos e sistemas pneumáticos.

— Excelente.

Enquanto escrevia a resposta no quadro com a mão direita, a sra. Billings apertou outro botão do controle remoto com a esquerda. Um pequeno esqueleto em formato de aranha começou a subir pela parede da sala e botou mais um adesivo em forma de lâmpada ao lado do nome de Shelly, num quadro que exibia a lista de chamada. A garota tinha mais adesivos do que qualquer outra pessoa. Reed não tinha nenhum.

Ele desviou o olhar do quadro idiota e observou pela janela os pequenos ramos verde-claros que cresciam nos carvalhos lá fora. Queria saber se os brotos ficariam maiores se ele os encarasse por tempo o bastante. Ver árvores crescerem com certeza era mais interessante do que aquela porcaria de aula.

Um dos personagens robóticos da professora começou a marchar pelas fileiras de mesas. O exoesqueleto tinha um formato vagamente equino. As patas equipadas com cascos batiam no chão de linóleo, passando rente aos tênis imundos de Reed. O garoto tinha quase certeza de que o robô era um exemplo de estrutura com atuador hidráulico, mas talvez fosse pneumático. Devia ter prestado mais atenção.

Mas como prestar atenção naquele lugar cheio de personagens animados, exoesqueletos e peças robóticas? Era uma bela sobrecarga sensorial, como ter aula num circo. Além disso, embora a sra. Billings usasse terninhos sérios, obviamente amava a cor vermelha, que se espalhava pelas paredes amareladas da escola na forma de cartazes enormes e inúmeros gráficos. Era distração demais.

Um pedaço de papel amassado caiu na mesa de Reed, perto de seu exoesqueleto patético. Ele piscou e olhou para a professora. Ela estava de costas para a turma, então o garoto abriu o papel. Era um bilhete de Shelly: *Você vem com a gente? Tarde de estudos!*, seguido de uma carinha sorridente. A menina achava tardes de estudos divertidas.

Ele olhou para a amiga. Apesar de estar prestando atenção na professora, ela assentiu quando Reed respondeu erguendo o polegar. Não que ele quisesse estudar, mas queria ir para a casa dos amigos. Além do mais, tinham dever de casa para fazer. Pelo menos, quando estudava com Shelly e Pickle, acabava tirando notas melhores.

Assim que a sra. Billings dispensou a turma, Pickle pegou seu robô e se levantou da cadeira com pressa. Aquela era a última aula antes do almoço. Ele amava comer. Era a única coisa na qual levava vantagem: embora comesse mais do que Shelly e Reed juntos,

Pickle tinha quase tanta carne no esqueleto quanto seu robô de metal. Seu metabolismo era como o de um beija-flor.

Naquele dia, o amigo estava com ainda mais pressa. Não teriam aula à tarde, porque os professores tinham algumas reuniões de planejamento. As atividades extracurriculares haviam sido canceladas. Os ônibus não iam sair no fim da tarde. A diretora anunciara naquela manhã que a escola seria fechada e trancada ao meio-dia. Isso significava que Pickle — e Shelly e Reed, claro — tinha pela frente uma tarde cheia dos lanchinhos maravilhosos que a sra. Girard servia aos gêmeos e ao irmão mais novo deles, Ory, em dias especiais como aquele. Mesmo em dias comuns, quitutes como pizzas caseiras, rolinhos de legume com ovo e sanduíches de queijo eram coisas normais nas refeições pós-escola na casa dos Girard. Em "dias especiais", porém, a mãe dos meninos se superava.

Pickle, Shelly e o irmãozinho Ory eram mais do que sortudos. A mãe deles estava em casa para preparar lanchinhos à tarde e depois outra refeição incrível na hora da janta. Já Reed se considerava sortudo quando conseguia desenterrar alguns pretzels da despensa ao chegar na própria casa vazia. Felizmente, ele quase sempre ia para a casa dos gêmeos. Caso contrário, seria ainda mais magro do que já era.

Enquanto Reed recolhia seu projeto e pensava em como enfiar o trambolho na mochila, Pickle correu pelo corredor que levava à porta. Reed não tirou os olhos do amigo enquanto dobrava e redobrava os braços do robô, então viu quando Julius estendeu o pé para que o garoto tropeçasse.

Como a coordenação de Pickle já não era lá grandes coisas, ele perdeu o equilíbrio e tombou para a frente bem diante da mesa de Julius. O narigão de Pickle sempre chegava antes do rosto, então foi ele que tomou o maior impacto ao atingir a quina da mesa. Sangue começou a esguichar das narinas do garoto enquanto Julius soltava uma risada aguda.

A professora, que estava juntando uma pilha de livros e se preparando para sair, não viu nada. Ninguém viu. Estavam todos concentrados em sair dali. Até Shelly estava de cabeça baixa, pressionando o exoesqueleto de cachorro até que ele ficasse do tamanho de um filhote. Aquela era uma característica especialmente inteligente do seu projeto, pensou Reed. A amiga tinha dito que, se conseguisse reduzir o tamanho de Tales (sem machucar o animal, claro), patentearia os "cachorros dobráveis" e ficaria bilionária.

Reed ficou tenso enquanto via o amigo tentando estancar o sangue com a mão. Queria ajudar Pickle e confrontar Julius, mas sabia aonde aquilo levaria caso se metesse. Como se estivesse lendo a mente de Reed, Julius se virou e sorriu.

Os caninos incomumente afiados do garoto pareceram cintilar sob a luz fluorescente da sala. Não pela primeira vez, Reed imaginou Julius como um vampiro que poderia ser pulverizado com uma estaca enfiada no coração.

Isso se Julius tivesse coração.

Reed cerrou os punhos enquanto Pickle saía correndo da sala, segurando o robô com uma das mãos enquanto pressionava o nariz ensanguentado com a outra. Antes que Reed pudesse informar Shelly do que havia acabado de acontecer, ela se apressou e disparou atrás do irmão gritando "Ei, Pickle, espera!".

Julius fitou Reed com uma expressão maldosa por mais alguns segundos. Depois, se virou para pegar o exoesqueleto molenga. Todos os outros alunos saíram da sala. Reed ficou. Queria dizer algo para Julius. Do que mesmo Shelly o havia chamado outro dia, quando estavam conversando sobre ele? *Ah, verdade.* Ela tinha dito que ele era um patife ignóbil e odioso. Reed cuspiu as palavras mentalmente. Soavam ridículas. Só Shelly era capaz de falar aquilo e ainda ficar bem na fita.

— Tá olhando o quê? — perguntou Julius.

Reed olhou ao redor e percebeu que os dois estavam sozinhos na sala. Odiava como as palmas das mãos começaram a suar e sua respiração acelerou. Por que tinha deixado Julius o encurralar?

O valentão parou de tentar recolher seu traje. Em vez disso, colocou cuidadosamente o apetrecho sobre a mesa. Depois sorriu para Reed.

— Aposto que você ia adorar construir algo assim, né, babaca?

Reed não respondeu. Só queria pegar a mochila e ir embora, mas alguma coisa o mantinha na sala. O quê? Não fazia ideia. Com certeza não a companhia, que era uma grande porcaria. Nem a decoração, que ele achava intimidadora. Tampouco o cheiro, uma mistura de giz com ferro de solda.

— Nem sei por que você faz essa matéria — zombou Julius. — Digo, seu amiguinho do chassi de grilo é um nerdola esquisito, mas ao menos tem uns neurônios. E sua outra amiga, a garota bizarra que mastiga cabelo, é uma feiosa deplorável. Com um pouquinho de maquiagem, até que melhora. Mas ela também é esperta. Já você não tem nada. É um esquisitão, e nada faz valer a pena olhar para você. Além disso, sua cachola é vazia, né?

Julius ergueu o dedo e deu um peteleco na testa de Reed.

O garoto cerrou os punhos, e Julius notou o movimento.

—Vai fazer o quê? Me bater? Não viu o que eu fiz com seu amigo cara de Pickle?

O valentão soltou sua risada mais do que irritante.

— Não precisei nem erguer o dedo. Só mexi o pé, e agora ele está lá sangrando pelo nariz. Imagina só o que eu poderia fazer com você, sem nem me esforçar muito.

Reed engoliu em seco. Julius tinha acabado de chamá-lo de esquisitão, feio e burro. Ainda assim, lá estava ele, imóvel, como se não soubesse falar.

Odiava ser chamado de esquisitão, e odiava ser chamado de feio.

Sim, Reed era meio excluído. Depois da morte da mãe, tinha parado de ver motivos para se relacionar com as pessoas. Havia se afastado dos amigos, usado a tristeza insuportável do luto para criar um muro entre ele e o restante do mundo. Só Pickle e Shelly tinham se dado ao trabalho de tentar ultrapassar aquela barreira.

E não, Reed não era mesmo muito bonito. A verdade era que não diferia muito de Pickle no quesito aparência. Magro, com braços mais compridos do que o normal, a testa pronunciada e o maxilar grande lhe davam uma aparência mais simiesca do que ele gostaria de admitir. Mais de uma vez, Julius o chamara de "cara de macaco" quando eram mais novos. Como o pai tinha permitido que ele deixasse o cabelo castanho encaracolado crescer, Reed já conseguia esconder um pouco as feições símias.

Se ao menos tivesse a força de um macaco...

Queria falar algo para Julius. Não, não falar. Queria *fazer* algo. Mas não podia.

Por que as coisas precisavam ser tão mais difíceis no ensino médio?

Julius ergueu seu exoesqueleto.

— Está vendo isso? Eu ia usar meu projeto para ser mais forte e mais rápido, mas não preciso. Já sou as duas coisas. Descobri um uso melhor para isso aqui. Quando estiver tudo nos trinques, vou colocar você dentro. Aí vou controlar o exoesqueleto, forçando você a fazer o que eu mandar. Você vai ser meu criado. Vai me esperar o dia inteiro. Vai carregar meus livros, amarrar meus cadarços, me dar comida, arrumar minha bagunça. Vou até fazer com que dance para mim. O que acha disso, fracassado? Quer dançar como um macaquinho para mim?

Reed não abriu a boca. Era como se tivesse se transformado em pedra. Tudo que conseguia fazer era ficar ali parado, vendo Julius mexer em seu exoesqueleto. O valentão ergueu o olhar e riu de Reed.

— O gato comeu sua língua?

E voltou a levantar o traje formado pelo exoesqueleto.

— Quer ver essa belezinha em ação? Sou suspeito para falar, mas é incrível.

Em seguida, Julius começou a prender o traje nos membros compridos e no torso em formato de V. O casco de metal se acomodou sobre seu corpo. Correias nos ombros, no peito e no quadril, além de fechos nos punhos e tornozelos, mantinham tudo no lugar. Mordendo a parte interna da bochecha com força o suficiente para arrancar sangue, Reed ficou congelado, só olhando.

Do lado de fora da sala, alunos riam e conversavam enquanto seguiam até os ônibus enfileirados diante da escola. A sala estava quase silenciosa, exceto pelos ruídos e estalidos de Julius se vestindo com o exoesqueleto robótico.

— Viu só?

O rapaz ergueu os braços. Indicou os pulsos, em seguida os tornozelos.

— Coloquei umas travas, então é impossível soltar esse negócio depois de preso.

Reed o viu se enrolar com algumas das articulações do artefato. O valentão mexeu o corpo, ajustando os pistões do traje.

Lá fora, alguns ônibus davam partida, o rugido barítono fazendo vibrar as paredes da instituição. Se Reed não fosse embora logo, precisaria ir a pé até a casa dos Girard, que ficava a mais de dez quilômetros dali — tudo porque tinha ficado paralisado e calado pelos últimos minutos. Balançou a cabeça, tentando fazer o cérebro reiniciar.

Julius, pesado devido ao exoesqueleto que envolvia seu corpo, se curvou para ajeitar os fios conectados aos circuitos do exoesqueleto. Reed queria ter coragem de estender a mão e empurrar com força o rapaz para o outro da sala; ele e seu exoesqueleto idiota.

Felizmente não tinha.

Um segundo depois, Reed ficou grato por não ter tocado em Julius.

Uma faísca luminosa irrompeu do valentão como fogos de artifício quando um pico de energia percorreu o apetrecho. O corpo dele começou a se contorcer. O rapaz arregalou os olhos, ficando rígido por vários minutos.

Por mais bizarro que fosse, naquele momento, Reed se lembrou da palavra nova que Shelly havia compartilhado no dia anterior, como a garota tinha o costume de fazer. Ele esquecia quase todas, mas se lembrou de *fulgurante*, que significava "cintilante como um raio". *Esse pico de energia foi fulgurante*, pensou.

Curioso com o que aconteceria em seguida, Reed observou a tensão deixar o corpo de Julius. O valentão cambaleou, perdeu o equilíbrio e caiu em cima da mesa. Chacoalhando a cabeça, agarrou a cadeira e se puxou até ela. Baixou o rosto, e, pelo que pareceram longos vinte segundos, ficou perfeitamente imóvel.

Será que estava vivo?

Reed pestanejou e observou o rapaz inerte. Depois, seu olhar recaiu sobre os pulsos e tornozelos do traje.

Enfim, Reed se moveu. Depois de se aproximar de Julius, ativou as trancas nas articulações. Elas se fecharam com um estalido satisfatório. Então, Reed recuou um passo e sorriu.

Aquilo ensinaria uma bela lição ao patife ignóbil e odioso.

O garoto pegou a mochila e a pendurou no ombro. Viu Julius abrir os olhos, demorando um segundo para se orientar. Quando se recompôs, tentou se soltar do exoesqueleto.

— Ops — zombou Reed, indo até a porta da sala. Enfim, as palavras saíram. — Acho que tranquei você aí. Foi mal.

Julius balançou os braços, tentando soltar os membros das correias do traje de metal. Sacudiu as pernas também. Com a mão direita, agarrou o exoesqueleto preso à esquerda. Grunhiu, fazendo esforço. A coisa não se mexeu.

— O que raios você fez, moleque? — gritou Julius. — Pode me soltar agora!

— Não quero, valeu — retrucou Reed.

— Faça o que estou mandando. Destranca isso agora! — ordenou Julius.

O rosto dele era uma mistura de manchas vermelhas e roxas, os olhos arregalados como se fossem saltar das órbitas. Baba se acumulava nos cantos da boca.

Reed deu de ombros e sorriu. Não se lembrava da última vez que tinha ficado tão satisfeito consigo mesmo.

Não que tivesse pensado direito antes de agir. Qual era o propósito de tudo aquilo? Estava só zoando com Julius, ou ia mesmo deixar o garoto preso naquela coisa de um dia para o outro? Era capaz de fazer algo assim?

Por que não?

Ora, porque aquilo o colocaria em apuros. Julius contaria tudo aos professores.

Mas Reed só precisaria negar. Se desse um jeito de destrancar o garoto pela manhã, por que alguém desconfiaria dele? Todos sabiam que Reed era um covardão. Ninguém ia acreditar que ele tivera coragem de fazer algo assim.

— Me solta! — ordenou Julius de novo.

Os músculos do seu pescoço saltaram como cordas. Ele tensionou a mandíbula, abrindo e fechando os punhos.

Àquela altura, Reed não tinha escolha a não ser deixar Julius passar a noite ali. Se o soltasse, ia levar uma surra daquelas. Mesmo que soltasse as travas e saísse correndo, provavelmente não seria mais rápido do que o outro rapaz. Julius era ligeiro, e Reed era péssimo em tudo que tinha a ver com esportes. Se Reed esperasse até de manhã, haveria outras pessoas por perto, então Julius não ousaria tocar nele.

A decisão se estabeleceu praticamente sozinha. Julius passaria a noite preso ali. A ideia deixou Reed tão empolgado que a sensação era a de estar flutuando.

—Vou te fazer um favor — começou, feliz por ter algo inteligente a dizer. — Vou te deixar aqui até amanhã, porque aí você vai ter uma ideia de como é ser tratado do mesmo jeito que trata as pessoas. Talvez seu robô possa te ensinar uma coisinha ou outra.

— Ei!

Julius tentou se levantar, mas o exoesqueleto estava contraído e rígido. Parecia agir como uma espécie de gesso de corpo inteiro, mantendo Julius na posição sentada.

— Divirta-se — debochou Reed, correndo para fora da sala. Antes de sair, apagou as luzes.

—Volta aqui, seu macaco idiota! — berrou Julius. — Você tem ideia do que fez? Eu vou te matar!

As últimas palavras chegaram a Reed quase como um guincho ininteligível enquanto ele fechava a porta.

Julius começou a berrar mais alto.

—Vou arrancar sua cabeça e jogar na privada. Vou te destruir, pedacinho por pedacinho! Volta aqui e me solta agora!

Reed riu. Por algum motivo, as ameaças de Julius, que geralmente o teriam feito tremer feito vara verde, soaram engraçadas. Pela primeira vez, Julius não tinha poder algum. Estava cem por cento nas mãos de Reed.

O garoto olhou ao redor, analisando o corredor vazio. Estava sozinho. Ótimo. A escola toda devia estar vazia àquela altura. A sala de robótica ficava em uma ala nos fundos da escola, e o local não era usado para as atividades extracurriculares. Ninguém encontraria Julius nem que ele explodisse de tanto gritar.

— Volta aqui e me tira dessa coisa! — gritou o valentão. — Você não pode me deixar assim!

Reed sorriu. Depois se virou e saiu correndo da escola, esperando que não fosse tarde demais para pegar o ônibus.

Sr. Janson, o motorista, estava sempre de olho nele, então Reed não perdeu o ônibus. Fez papel de idiota ao acenar e gritar enquanto o motorista começava a manobrar o veículo, mas conseguiu chamar a atenção dele a tempo.

O homem parou o ônibus um pouco à frente no meio-fio e abriu as portas. O motorista de outro veículo buzinou. Tropeçando nos degraus para subir, ofegante, Reed agradeceu o sr. Janson, que balançou a cabeça grisalha e deu uma piscadela.

— Foi por pouco, garoto. Faltou isso aqui para eu te deixar para trás.

Reed respirou fundo.

— Foi mal.

— Acontece. A gente dá um jeito. — O sr. Janson sorriu para Reed e acrescentou: — Vai para o seu lugar.

O garoto analisou o interior do ônibus. Uma das animadoras de torcida o olhou de cara feia. Ele a ignorou, procurando Shelly e Pickle. Sabia que estariam no fundo do ônibus, e que teriam guardado um lugar para ele. Fitando os próprios pés e o chão de borracha todo arranhado, Reed andou depressa até os amigos e desabou no banco ao lado de Pickle.

Assim que sua bunda encostou no assento de vinil marrom, o motorista tirou o pé do freio. O ônibus chiou, sacolejou e começou a se afastar da escola.

Reed olhou para o nariz do amigo — era difícil não olhar. Vermelho e inchado, manchado de sangue, parecia mais proeminente do que nunca. Para piorar, ainda estava com um tufo de papel higiênico enfiado em cada narina, só a pontinha de fora. Considerando que o nariz já era adunco, o garoto mais parecia um pássaro gigante engolindo minhocas.

— Está doendo? — perguntou Reed.

Pickle, como sempre, estava fazendo algum tipo de cruzadinha de números. Ergueu o olhar para o amigo.

— Hã?

Reed apontou para o nariz dele.

Pickle fez uma cara engraçada, ficando vesgo na tentativa de olhar para o próprio nariz machucado. Reed se segurou para não rir.

O amigo deu de ombros.

— Está. Mas não é a primeira vez. Dá para ignorar.

— Sinto muito.

— Por quê? O que você fez?

— Nada.

Pickle voltou à cruzadinha.

Reed olhou de relance para Shelly, que estava lendo, como de costume.

O ônibus cheirava a fumaça de escapamento, suor, amendoim e chiclete. O motor parecia roncar como um dragão adormecido. O som ajudou a amenizar a tensão e a adrenalina que corria pelas veias de Reed.

O veículo ganhou velocidade quando pegou a rua que levava à via principal. Reed olhou pela janela.

O prédio do ensino médio ficava no fim de uma vizinhança mais antiga, então as quadras mais próximas eram cheias de árvores grandes e gramados verdes. Reed gostava de admirar a paisagem. Encarava os gramados com inveja, pois seu quintal era quase só terra.

Naquele dia, porém, Reed não estava enxergando nada. Sua mente continuava voltando à sala de robótica. Estava focada em Julius preso ao exoesqueleto, o rosto quase roxo de raiva.

— "Na Idade das Trevas, tortura era comumente usada para punir quem desobedecia à lei" — soltou Shelly.

Reed se encolheu.

— Quê?

Ele se virou para encarar a amiga.

Como sempre, ela estava sentada logo atrás de Pickle e Reed. Sua mochila imensa e a sacola cheia de livros ocupavam o restante do assento.

Será que ela sabia o que Reed tinha feito?

Com a atenção no livro, Shelly continuou:

— "Quando alguém violava as leis civis, a tortura era perpetrada em praça pública. Demonstrações das consequências de atos ilegais eram consideradas uma forma de impedir novos delitos."

Ah. Ela estava lendo. Claro. A garota adorava compartilhar suas descobertas, e com frequência lia em voz alta no ônibus… e em casa… e no almoço… e nos corredores da escola — lia praticamente em todos os lugares. Naquele dia, estava estudando a matéria de história. Shelly assistia às aulas de história mundial com as turmas mais avançadas porque lia tantos livros sobre o assunto fora da escola que sabia muito mais que os alunos da sua idade. Ela não era nerd só em ciências. Era uma nerd em geral.

Reed relaxou os ombros e voltou a atenção para a janela. Quando deixava o bairro da escola, o ônibus seguia por uma avenida principal repleta de centros comerciais e concessionárias de automóveis. O garoto gostava daquele trecho também, porque amava olhar os carros. Curtia se imaginar dirigindo alguns, e escolhia um fabricante e um modelo diferente todos os dias. Concentrado, se imaginou atrás do volante de um Mustang novo, amarelo brilhante.

— "Torturadores eram muito criativos na Idade Média." — Shelly seguiu lendo. — "Inventavam métodos bem mórbidos de infligir dor excruciante. O Berço de Judas, por exemplo, empalava a vítima sentada por vários dias. Com nomes de gelar o sangue como Destroçador de Seios e Pera da Angústia, equipamentos de tortura medieval eram prova da genialidade humana."

Tortura. O que ele tinha feito com Julius era tortura?

Reed sentiu falta de ar. Sim, provavelmente era. Ficar preso daquele jeito era no mínimo uma forma leve de tortura, especialmente num exoesqueleto, sem ter como se mover, comer, beber ou ir ao banheiro. Não era o Berço de Judas, mas também não era nada legal.

Depois de passar pelos centros comerciais e concessionárias, o ônibus dava a volta num parque industrial, depois passava por uma fazenda antes de chegar a um distrito diferente. Quase todos os pontos ficavam naquele distrito, lotado de casas que, apesar de terem um bom tamanho, eram muito parecidas entre si. Reed não ligava para as casas, então parou de notar os detalhes. Tudo que via eram borrões de cores... e Julius preso na estrutura metálica.

Seu pai, que fazia o possível para cuidar sozinho dos dois filhos, Reed e Alexa, sempre dizia que não dava para resolver um problema com outro. Reed não era um gênio como os amigos, mas era esperto o bastante para saber que se rebaixar ao nível da maldade de Julius não era o melhor jeito de lidar com aquele babaca.

Mas e o que Julius tinha feito com Pickle? Não era justificativa o bastante para prender o valentão no exoesqueleto do qual o próprio tinha tanto orgulho? E o que ele dissera para Reed, sobre trancar *o garoto* ali dentro? Será mesmo que ele não merecia provar do próprio veneno?

Reed começou a relaxar de novo.

Isso. O que ele tinha feito não era tão ruim. Era justiça.

O ônibus passou por um buraco, e todos pairaram acima do assento por um nanossegundo. Quanto voltaram a aterrissar, Shelly cutucou o ombro de Reed, que se virou.

— Escuta isso — falou ela. — Você não vai acreditar.

— Conta.

Pickle permaneceu em silêncio, ainda ocupado com as cruzadinhas numéricas.

— "Uma das formas mais usadas de tortura era conhecida como Roda." — Leu Shelly, o livro grosso com cheiro de mofo nas mãos. — "Os condenados ao método tinham um longo sofrimento pela frente. Eram mantidos presos no lugar, incapazes de se libertarem."

Reed encarou Shelly. O que a amiga estava fazendo? Brincando com ele? *Mantidos presos no lugar, incapazes de se libertarem.* Parecia estar falando de Julius. Talvez a garota soubesse o que ele havia feito, afinal de contas. Mas como?

— "Às vezes, era chamada de Roda do Despedaçamento" — prosseguiu Shelly, e Reed soltou o ar pela boca.

Não, ela não tinha como saber o que ele havia feito. Era só uma coincidência estar lendo sobre instrumentos de tortura.

— "Recebia esse nome" — continuou ela — "porque era usada para esmagar os ossos dos condenados." Eca, né?

Shelly fitou Reed com os olhos arregalados, depois voltou ao livro e retomou a leitura.

— "O instrumento era planejado de modo que a tortura se estendesse por vários dias. A Roda era feita de uma série de eixos radiais, e a pessoa submetida a ela era amarrada ali antes que uma clava ou um porrete fosse usado para golpear seus membros. O processo reduzia a vítima a um saco mutilado de ossos, o que alguém olhando de fora poderia descrever como um monstro com tentáculos ensanguentados se retorcendo e gemendo."

— Que nojento — comentou Pickle, sem nem erguer os olhos da cruzadinha.

— Total — concordou Reed, tentando não pensar no que Julius estaria sentindo naquele momento.

Mas bom, pelo menos ele não estava amarrado a um instrumento de tortura medieval, certo?

Estava trancado, e com o tempo ficaria desconfortável. Mas não com dor. Não tinha ninguém ali batendo nele com uma clava, fosse o que fosse. O garoto só estava preso.

Shelly continuou a ler sobre tortura medieval, mas Reed parou de prestar atenção. Virou de novo para a janela. O ônibus estava parado numa esquina, e ele viu uma mulher de mãos dadas com uma criancinha que segurava um balão vermelho. Ele oscilava no ar, seguindo os movimentos da criança, pois estava amarrado ao seu pulso.

Reed pensou nos pulsos enormes de Julius. Talvez devesse voltar à escola e destrancar o exoesqueleto antes da sessão de estudo daquela tarde. Algumas horas já eram suficientes para punir Julius por sua maldade. Assim, o valentão aprenderia a lição, mas Reed não desceria ao nível da tortura.

Sim, era o que ele faria.

O problema era: como escapar da fúria de Julius?

O garoto começou a morder o lábio inferior.

Endireitou as costas e sorriu. Sabia o que fazer. Soltaria só uma das mãos de Julius, depois pularia para longe e sairia correndo antes que o valentão o agarrasse. O outro, dolorido por causa do confinamento, demoraria pelo menos meio minuto para soltar o outro pulso e os tornozelos; nesse meio-tempo, Reed se afastaria o bastante para se esconder. Depois que o valentão tivesse ido embora, Reed voltaria para casa.

E em seguida?

Bom, ele teria que lidar com isso quando a hora chegasse.

Até lá, comeria coisas gostosas na casa dos Girard e ficaria de boa com os amigos. Esqueceria Julius e aproveitaria o restante do descanso naquele dia. Ele merecia.

Assim como Julius merecia o que estava acontecendo com ele.

•   •   •

Reed amava o pai, e sabia que ele fazia de tudo pelos filhos, mas era… bom, seu pai. Não sabia como era manter um bom lar. Não sabia cozinhar. Não sabia limpar. Achava que "decoração" era um calendário com fotos de pescaria e anotações sobre os jogos de alguns times. A verdade era que Reed não se sentia em casa ali, não como se sentia no lar dos Girard.

O garoto se esparramou sobre um tapete cinza, grosso e macio, diante da lareira de pedra. O fogo crepitava baixinho. Tales, exausto de tanto buscar e trazer uma bolinha de tênis, estava esticado nas lajotas frias da entrada mais próxima, acrescentando seu ronco satisfeito aos estalos das chamas. O som era ritmado e calmante.

Reed estava com a barriga cheia de asinhas de frango picante, pimentas e batatas recheadas, empadão caseiro e biscoitos de chocolate. Estava tão relaxado que até tiraria um cochilo.

— Precisam de mais alguma coisa antes de eu ir para a minha aula, crianças? — perguntou a sra. Girard.

Estava parada no arco entre a sala e a entrada, colocando uma capa de chuva amarela.

Reed espiou por cima do ombro, para além das portas duplas com painéis de vidro que levavam ao quintal arborizado dos Girard. Chovia uma garoa fina, mas constante. As gotas pareciam brilhantes e rosadas no crepúsculo. O garoto esticou o pescoço para ver o horizonte a oeste. Gostava de ver o sol dando lugar à noite. Naquela tarde, o céu estava laranja com toques de roxo.

Por fim, olhou para a sra. Girard.

— Obrigado pelo lanche e pela janta.

A mulher sorriu, se encolhendo sob a capa de chuva, e ajeitou o cabelo na altura do ombro.

—Você é muito bem-vindo, Reed, como sempre. Adoramos sua companhia.

Ela fechou a capa e olhou para os filhos, que não pareciam se importar muito com sua partida.

Shelly, deitada no sofá fofo azul-marinho, estava com o nariz enfiado no mesmo livro grosso de história que vinha lendo no ônibus. Pickle estava de pernas cruzadas na poltrona de tweed azul do pai, tão debruçado sobre o próprio livro que parecia prestes a mergulhar nas páginas. Reed nem conseguia ver o que o amigo estava lendo. O terceiro filho dos Girard, Ory, de seis anos, havia largado o videogame para mexer no controle remoto do esqueleto robótico de Pickle.

— Ei, crianças! — chamou a mãe.

Os três filhos ergueram os olhos.

A mulher balançou a cabeça e sorriu.

— Estou indo. Se cuidem, tá bem? E Pickle, coloca gelo no nariz daqui a mais ou menos uma hora.

— Hã? — soltou Pickle.

A sra. Girard balançou a cabeça de novo.

— Pode deixar que eu lembro ele — assegurou Reed.

O nariz de Pickle parecia bem melhor. Assim que o filho chegara em casa, a sra. Girard havia cuidado do machucado do garoto sem fazer muito alarde. Examinara a região e percebera que não estava quebrado, então o limpara, passara uma espécie de pomada de ervas e depois dera um saco de gelo para servir de compressa. O garoto resistira, porque não dava para comer ou ler com aquela coisa na cara, mas o tormento não havia durado muito. Depois de um tempinho, já estava lanchando com todo mundo e declarando que os biscoitos de chocolate duplos que a mãe havia servido depois do jantar eram um ótimo remédio, porque seu nariz tinha parado de doer depois de devorar alguns.

Ainda à porta, depois de analisar o nariz do filho por um segundo, a sra. Girard olhou para Reed.

— O que seria da gente sem você, Reed?

Sorriu para ele e voltou a falar com os filhos.

— Tchau, crianças.

— Te amo, mãe — falou Shelly.

— Tchau — soltaram Pickle e Ory, em uníssono.

— Valeu de novo, sra. Girard. Tchau — despediu-se Reed.

— Fui, gente — avisou a mulher. — Vem, Tales.

O cachorro já estava de pé, parado ao lado das pernas da sra. Girard. Balançava tão forte o rabinho que até batia na coxa da mulher. Tales também ia para a aula: estava aprendendo a ser um cão de suporte.

A sra. Girard parecia ser tão inteligente quanto os filhos. Fazia vários cursos diferentes e tinha muitos interesses. Ela sempre participava das conversas quando os filhos tagarelavam sobre as tarefas de casa ou projetos da escola. Mas os irmãos Girard tinham puxado mais ao pai. Ele era um engenheiro elétrico aposentado que prestava consultoria para grandes empresas. Viajava muito, e não estava em casa naquele dia. No entanto, quando estava, era sempre simpático e um pai muito participativo.

Shelly e Pickle tinham voltado aos próprios livros antes de a porta da frente bater atrás da sra. Girard. Ory apertou um botão no controle remoto, e o esqueleto robótico de Pickle se levantou e andou por alguns centímetros. O garotinho arregalou os olhos.

Era uma mistura dos irmãos, o que não o tornava tão fofo quanto Shelly, mas muito mais fofo do que Pickle. Com o rosto ainda redondo e meio gordinho, Ory tinha os mesmos olhos grandes, cílios compridos e lábios grossos de Shelly. E o nariz do irmão. Em Ory, o nariz grande era mais engraçadinho do que feio. Ele parecia um filhote de passarinho. Era incrível como crianças de seis anos lidavam tranquilamente com a própria aparência. Ory não precisaria ligar para aquilo por um tempo.

O menino se inclinou sobre o controle remoto, tão intensamente que quase o tocou com a ponta do nariz comprido. O robozinho esquelético avançou mais um pouco. Ory riu.

De canto de olho, Reed espiou o amigo. Ou ele não sabia que o irmão estava brincando com seu projeto, ou não ligava. Provavelmente, Pickle seria capaz de consertar com facilidade o robô caso Ory o estragasse.

Reed olhou para o próprio projetinho patético. Devia estar trabalhando nele — e estivera, mais ou menos, ao longo da tarde. No entanto, não tinha feito muito progresso.

Tinha escolhido um motor elétrico como atuador porque o pai entendia do assunto e estava empolgado com a possibilidade de poder ajudar. Aquela etapa do projeto, assim como a parte de conectar o motor movido a bateria aos circuitos do exoesqueleto, tinha sido tranquila. O problema da vez era a estrutura. Como sempre, Reed não conseguia visualizar como construir aquele negócio. Cada vez que acoplava um componente de metal novo ao projeto, acabava com algum outro virado num ângulo pouco natural. Quando mexia na peça para encaixá-la, a articulação não funcionava direito. Naquele momento, o exoesqueleto parecia deformado e estranho. Aquilo não era nada bom.

Reed suspirou e olhou ao redor da sala aconchegante. O espaço amplo tinha teto alto, mas era cálido e convidativo como um casulo. Equipado com móveis confortáveis e macios, algumas mesas, várias prateleiras lotadas de livros e jogos, peças de arte coloridas, uma área de brinquedos para Ory, uma caminha grande coberta com uma manta de microfibra para Tales, uma lareira e uma imensa televisão para noites de filmes e videogames, o recinto era perfeito para o convívio da família. Não era ruim para trabalhar nas tarefas da escola, também. Era sempre bom estar confortável para se dedicar a coisas que não queria fazer.

Na semana anterior, o cômodo tinha recebido uma adição que intrigava Reed: uma casa em miniatura, réplica do lar dos Girard. Com quase um metro de altura e um e vinte de largura, a maquete havia exigido a retirada de um divã. Fora isso, cabia muito bem no ambiente. A sra. Girard havia construído a casinha para Shelly, e a estava decorando exatamente como a casa real da família.

— Quer ajuda com isso aí? — perguntou Pickle.

— Hã?

Reed olhou para o amigo.

Com o dedo, Pickle marcou a página do livro, que Reed descobriu ser sobre matemática avançada para engenharia.

— Você suspirou — falou Pickle. — E seu exoesqueleto parece ter sido feito por uma pessoa que enxerga muito mal e sem polegares opositores. Não ficaria surpreso se você quisesse uma ajudinha.

Reed jogou uma engrenagem na direção dele. Pickle não queria ser inconveniente — era só seu jeitinho brilhante e casual. Por isso era tão tranquilo ser amigo dele. Apesar da inteligência. Pickle nunca fazia Reed se sentir burro, mesmo quando soltava comentários como aquele. E Reed sabia que o amigo não estava tirando sarro. Era só uma observação.

— Pode deixar que eu me viro.

— Talvez seja uma boa ajeitar as articulações para que os membros da direita e da esquerda se movam de forma igual, ou ao menos similar… A menos que você esteja fazendo um exoesqueleto alienígena.

— Valeu, Doutor Óbvio — zombou Reed, fazendo careta. — Talvez eu esteja fazendo um exoesqueleto alienígena.

— Massa.

Pickle deu de ombros e voltou para o livro.

Shelly ergueu os olhos do dela.

— Oi?

Reed riu.

— Meu exoesqueleto é alienígena.

Shelly revirou os olhos e voltou a ler.

Ory deu risada. Reed se virou para ver se o menininho estava achando graça dele — não estava. Estava era cem por cento entretido com o controle remoto do robô.

O esqueleto robótico de Pickle trombou com a lareira, produzindo um barulho alto. O garoto nem ergueu os olhos do livro. Ory fez a estrutura de quase vinte centímetros se virar e começar a girar em círculos.

Reed reconsiderou a oferta de Pickle. Tinha quase certeza de que o amigo construíra seu protótipo em um dia. Talvez pudesse mesmo ajudar a salvar seu projeto.

Sério, olha para como essa coisa se move, pensou Reed, balançando a cabeça ao ver o robozinho girar em pequenos círculos.

Respirou fundo e se sentou de repente. Como podia ter esquecido o que acontecera na aula? Bom, para ser justo, muitas coisas tinham acontecido desde então. O confronto com Julius, somado ao rompante incomum de coragem de Reed, havia apagado as memórias do restante do dia. Tudo em que o garoto conseguia pensar era em Julius preso no próprio exoesqueleto.

Mas de súbito ele se lembrou: Julius tinha reclamado de como o controle remoto de Pickle vinha afetando seu projeto.

E Julius estava preso na estrutura de metal, com o corpo atado à estrutura — e, como consequência, conectado a seus movimentos. E se ele tivesse trombado em algo como o robô do amigo tinha acabado de fazer na lareira, pouco antes? E se estivesse girando em círculos naquele momento?

— Ei, Pickle — chamou Reed, o olhar ainda fixo no miniesqueleto robótico.

— Fala.

— Aquela coisa…

Reed apontou para o controle nas mãozinhas de Ory.

— O alcance do controle não é tão grande, né?

Pickle fungou.

— Na verdade, até que é grandinho, sim. Foi feito para funcionar através de paredes. Por isso combinei infravermelho com radiofrequência.

— Certo, então se ele estiver controlando algo, digamos, fora da casa, qual seria o alcance? — perguntou Reed.

Pickle franziu as sobrancelhas.

— Se o esqueleto estivesse do lado de fora e Ory aqui dentro, você diz?

Reed assentiu.

— Isso.

Claro, com certeza era aquilo que ele queria dizer, e não *O controle está comandando o exoesqueleto de Julius?* Não, ele definitivamente não queria dizer aquilo.

Pickle tombou a cabeça de lado e pensou.

— Deve ter o alcance de alguns metros para além da casa. Talvez. Para ser sincero, nunca testei. Não deve funcionar além do portão. As paredes externas devem ser mais grossas do que as internas. Ou seja, mais interferência.

— Ah — soltou Reed, tentando parecer desinteressado, mesmo tendo feito a pergunta. — Entendi.

Depois puxou a camiseta, que começava a grudar na pele repentinamente suada, e suprimiu um suspiro de alívio.

Pickle se inclinou para a frente.

— Por que a pergunta?

Naquele momento, Ory fazia o esqueleto robótico serpentear pelo cômodo em rotas vertiginosas por entre os móveis. Reed tentou não imaginar Julius sendo arrastado pela sala de robótica da mesma forma. Se o exoesqueleto estivesse repetindo os movimentos do robô de Pickle, Julius estaria trombando com toda a força contra paredes e móveis. Na melhor das hipóteses, estaria muito machucado. Mais provável que tivesse quebrado alguns ossos.

Ai, caramba, pensou Reed. *Talvez eu esteja mesmo torturando o Julius!*

— Reed?

O garoto olhou para Pickle. Ficou subitamente feliz de saber que o amigo era inteligente, mas não a ponto de ler mentes. E também ficou aliviado ao perceber que Pickle era péssimo em decifrar expressões faciais, linguagem corporal e outros sinais sociais. Reed tinha certeza de que sua própria expressão deliberadamente neutra não era tão eficaz quanto gostaria que fosse. Estava tentando parecer inocente, mas tinha a impressão de que parecia Tales depois de roubar um biscoito e se fazer de desentendido.

— Ah, é que estou curioso mesmo — mentiu Reed. — É impressionante. Só isso.

Pickle ergueu uma das sobrancelhas escuras e grossas.

— Entendi.

O garoto podia não ser capaz de entender a linguagem corporal de outras pessoas, mas seu cérebro era como um gravador. Ele se lembrava de tudo que lia ou ouvia. Naquele momento, devia estar repassando toda a sua base de dados para comparar as antigas falas de Reed com o comentário mais recente.

Reed nunca havia dito a Pickle que algo feito por ele era impressionante. Estava acostumado a ver o amigo ser melhor do que todo mundo, então elogiá-lo por isso era como elogiar alguém por respirar. O garoto certamente estranhara o último comentário de Reed.

Ele abriu a boca como se fosse fazer uma pergunta, mas foi interrompido por Ory, que fez o exoesqueleto trombar com a lateral da casinha de Shelly.

O som de metal contra madeira ecoou no recinto, e a garota se sentou no sofá. Colocou um marcador de páginas dentro do livro, nitidamente disposta a confrontar o irmão caçula. Antes que pudesse fazer ou falar qualquer coisa, porém, Ory girou o robô e o conduziu para o outro lado. O garotinho riu, repetindo a ação, fazendo o protótipo trombar com a casa várias vezes.

Shelly levantou-se de um salto.

— Ei, Ory! Para com isso!

— Não tem problema — falou Pickle. — Deixa ele brincar.

— Não estou preocupada com seu exoesqueleto — rebateu Shelly. — Ele vai estragar minha casa. Vai prejudicar meu projeto.

Em seguida começou a ir na direção de Ory, que riu e saiu correndo para longe.

A garota o perseguiu, mas ele sempre escapava. Continuou brincando com o controle remoto, fazendo o robô trombar sem parar com a casinha.

— Ory, seu tonto — chamou Shelly. — Vou acabar com nosso vínculo de irmãos se você não parar com isso.

Vínculo tinha sido uma das palavras da semana anterior. Significava "conexão". Aquela havia ficado na cabeça de Reed porque, ao ouvir a definição da palavra, ele pensou que adoraria ter um vínculo mais profundo com Shelly.

— Ory! Se você estragar meu projeto…

— Que projeto? — perguntou Reed, mesmo sem parecer ligar muito.

Estava só tentando esquecer Julius — que, se estivesse sendo guiado pelo controle de Pickle, àquela altura provavelmente estaria batendo com tudo numa das paredes da sala de aula.

E se estivesse trombando com algo afiado, como um dos braços robóticos da professora? Será que Julius podia acabar empalado?

— É um projeto para a matéria de psicologia, sobre dinâmicas familiares — explicou Shelly, ofegante ao correr atrás do irmão.

— Sério, Shel, está tudo bem — repetiu Pickle. — O robô não vai estragar a casa. Ele não tem pontas afiadas.

Pickle deixou o livro de lado e se levantou da poltrona do pai. Foi até o robô e se inclinou. Apontando para as minúsculas lasquinhas de madeira sobrepostas que pareciam o revestimento que a casa real tinha na lateral, disse:

— Viu só? Nem um arranhão.

Shelly parou de perseguir Ory. Foi até a maquete, se ajoelhou e analisou.

— Hum.

Ela deu de ombros e voltou ao sofá.

— Beleza, então.

Pegou o livro e continuou a ler sobre tortura medieval.

Tortura.

E se Julius estivesse sendo torturado naquele momento? Estaria bem machucado se tivesse sido forçado a repetir os movimentos do robô de Pickle.

Sentado no chão diante da casinha de Shelly, Pickle estendeu a mão e pegou o robô.

— Ory, larga isso rapidinho.

O caçula fez um biquinho.

— Mas eu quero…

Ele começou a choramingar.

— Não vou tirar o robô de você — garantiu o irmão. — Vou deixar mais divertido.

Então, Pickle ergueu o esqueleto de metal, que rangia no esforço de responder aos comandos do controle.

O beicinho de Ory sumiu. O menino parou de brincar com o controle remoto, o rosto se iluminando.

— Sério? O que você vai fazer?

Depois se aproximou e se sentou ao lado do irmão.

— Tenho um negócio legal para te mostrar — contou Pickle. — Outra funcionalidade do robô.

Depois, colocou o protótipo no chão. Empurrou Ory com o ombro.

— Se liga — sussurrou Pickle, e ativou um interruptor. — Agora, tenta de novo — falou para o caçula.

Ory sorriu e apertou um botão no controle. O robô plantou bananeira, apoiando o peso na cabeça quadrada.

— O que você fez? — perguntou Reed.

— Só desativei as restrições das articulações. Agora, meu robô também pode contrariar a lógica das articulações. Que nem o seu, só que de propósito.

O menininho ficou todo feliz, apertando botões e virando o joystick do controle. Em resposta, o robô voltou a ficar de pé e se transformou num contorcionista de metal. Começou a se arrastar pelo chão como um polvo, com as juntas se dobrando de formas impossíveis. Parecia estar ao mesmo tempo virando do avesso e se expandindo e contraindo como um coração pulsante, tão fluido que lembrava uma serpente.

Ory conduziu o robô para a entrada, e a engenhoca estalou e se arrastou além do batente enquanto ondulava pelo chão. Reed encarou o protótipo, sentindo um nó na garganta.

Em sua cabeça, em vez do choque dos membros do robô de metal contra o chão, Reed podia ouvir os estalos e estalidos de ossos se quebrando — os ossos de Julius se quebrando. O som era coisa da cabeça dele, certo? Estava só imaginando, não ouvindo de verdade.

Não, claro que não estava ouvindo. Como poderia? Pickle dissera que o alcance do controle não ia muito além do portão dos Girard; mesmo que os ossos do valentão estivessem se partindo, não teria como Reed ouvir dali. Não tinha audição sobre-humana, afinal. Estavam a quilômetros da escola. Sua mente podia até estar lhe dizendo aquilo, mas era mentira.

Os medos de Reed não faziam sentido. Era inacreditável como sua mente inventava coisas. Era muita burrice. Não tinha como o controle remoto de Pickle influenciar a estrutura de Julius — muito menos o próprio valentão.

Por que Reed se sentia tão mal, então? Por que seu estômago parecia se embrulhar? Por que tinha a impressão de que iria vomitar toda a comida deliciosa que comera?

Será que, intuitivamente, ele sabia de algo? Sua intuição estava certa, e a lógica, errada?

Reed respirou fundo e olhou para o exoesqueleto. *Foco*, disse a si mesmo. *Para de imaginar essas coisas.*

Depois se inclinou sobre seu projeto, tentando se concentrar nas articulações do exoesqueleto.

Mas não conseguia. Ory estava se divertindo muito com o robozinho de Pickle. Praticamente dançava de empolgação ao fazer a coisa se arrastar pelo cômodo.

Pickle voltou para a poltrona do pai e pegou o livro. Shelly ainda estava mergulhada na própria leitura.

Ory tornou a fazer o robô atacar a casa da irmã. A garota ergueu o olhar, aparentemente confortada pelas palavras de Pickle, porém, voltou placidamente ao livro.

Reed ficou de pé. Não aguentava mais.

— Já volto — disse. — Preciso resolver uma coisa.

Ory o ignorou, ainda mirando o robô descontrolado na lateral da casa de Shelly.

Pickle ergueu os olhos da leitura.

— Aonde você vai?

— Preciso resolver uma coisa — repetiu Reed.

— O quê? — quis saber Pickle.

O que Reed poderia dizer?

Não dava para simplesmente falar "Preciso ir até a escola e libertar Julius", mesmo que fosse essa a sua intenção. Teria que correr os três quarteirões até sua casa, pegar a bicicleta e pedalar até a escola. Chegando lá, ainda precisaria entrar no edifício trancado sem disparar nenhum alarme — felizmente, ouvira um veterano comentar sobre uma porta no porão que não era conectada ao sistema de segurança da escola, e sobre a chave reserva que o zelador mantinha sob uma pedra falsa. Depois, ele teria que avançar pela escola escura sem mijar nas calças como uma criancinha assustada, soltar Julius e correr para salvar a própria vida.

Não, espera. Será que ele não devia ver se Julius estava bem antes de sair correndo?

E se seus piores medos fossem reais?

E se Julius estivesse muito ferido? Reed teria que chamar a ambulância?

O garoto quase choramingou alto, mas se deteve.

E se Julius estivesse morto?

— Reed?

Ele piscou ao ouvir seu nome.

— Fala — respondeu.

— Você disse que precisava resolver uma coisa — lembrou Pickle. — Eu perguntei o quê, aí seu cérebro tirou férias, e você virou uma estátua esquisita.

— Estátua?

Reed tentou pensar numa história razoável. O que poderia ter que resolver naquele momento, além de salvar Julius de uma versão moderna da Roda do Despedaçamento?

— Shelly? — chamou Pickle. — Acho que tem alguma coisa esquisita acontecendo com o Reed.

A menina ergueu os olhos do livro.

— Claro que tem — afirmou ela. — Ele não se envolve muito em atividades intelectuais rebuscadas, e não tem diligência o bastante para tarefas da escola.

Ah, caramba, pensou Reed. Mesmo naquele estado agitado, percebeu que Shelly tinha acabado de usar as duas palavras do dia. No entanto, estava distraído demais para se preocupar com o significado.

— Não estou falando sobre os defeitos do Reed — explicou Pickle. — Estou dizendo que, no momento, ele não está falando coisa com coisa, e ele continua se esquecendo de como se mexer.

— Pois é, é isso que gosto no Reed — comentou Shelly.

O garoto se empertigou, deixando o restante de lado por um instante para descobrir o que Shelly gostava nele.

— O quê? — perguntou Pickle.

Reed ficou aliviado de não ter sido ele a perguntar.

— Ele raramente fala coisa com coisa. Gosto disso. Me desafia e me mantém interessada.

O garoto não conseguiu se conter, e abriu um sorriso maníaco.

Ainda bem que, não tinha mais ninguém olhando para ele. Pickle e Shelly se encaravam. O olhar de Ory estava focado no robô, cujos membros de metal estavam tão distorcidos que pareciam feitos de borracha.

— Entendi — falou Pickle para Shelly. — Mas ele ainda não respondeu a minha pergunta.

Voltou de novo a atenção para Reed.

— O que você precisa resolver?

Antes que Reed pudesse inventar uma desculpa esfarrapada, o robozinho trombou com a lateral da maquete de novo. E, quando o fez, algo grande trombou com a lateral da casa real dos Girard.

Shelly olhou para as portas com janelinhas de vidro, depois voltou a atenção ao livro.

— Deve ter sido o vento.

— Provavelmente caiu outro galho do pinheiro — arriscou Pickle.

Reed espiou pela janela.

Não fazia muito tempo que a sra. Girard havia saído, mas a noite já caíra. O breu cobria as janelas como um fungo. Reed não conseguia ver nada pelos vidros da porta, exceto o reflexo do cômodo onde estavam. Ali, viu Ory mirar o robô na casinha de novo, e a engenhoca se chocar contra a estrutura.

No mesmo instante, algo bateu na lateral da casa mais uma vez, com um novo baque. Reed ficou tenso, olhando para os amigos.

Pickle e Shelly nem se abalaram com o som. Ao que parecia, estavam satisfeitos com a explicação sobre o vento e o galho caído. Ou, uma vez que haviam retomado a leitura, talvez nem tivessem escutado o barulho.

Bom, Reed tinha escutado, e a explicação do vento não o convencera.

Passou a ouvir com atenção. Tinha notado os impactos contra a estrutura, mas *não* o sopro de um vento forte o suficiente para arremessar um galho e provocar um barulho daqueles. Se fosse o caso, estaria ouvindo assovios e chiados da ventania. E, exceto pelo crepitar contínuo na lareira e o som do robozinho se chocando contra a maquete de Shelly, as únicas outras coisas que Reed ouvia eram os estrondos... cada vez que o esqueleto robótico se chocava contra a casinha em miniatura.

E se fosse Julius lá fora?

E se ele estivesse mesmo sendo manipulado pelo controle remoto de Pickle por todo aquele tempo? Àquela altura, em que condições o rapaz estaria?

O que Reed não tinha em "intelecto" compensava com imaginação. Podia facilmente ver um corpo coberto de contusões inchadas e roxas. Podia ver membros tão moles quanto borracha com fragmentos de ossos irrompendo da pele. Podia ver um rosto surrado, um crânio ensanguentado e uma coluna retorcida, repugnante e pavorosa.

Se Julius tivesse sido girado e arremessado contra várias coisas, várias vezes, se tivesse sido torcido e retorcido como o robozinho de Pickle, será que ainda seria humano? Estaria mais para uma massa mutilada de ossos quebrados e pele ferida. O que o livro de Shelly dizia mesmo sobre as vítimas da Roda?

Elas acabavam parecendo *"um monstro com tentáculos ensanguentados se retorcendo e gemendo"*.

Isso. Era naquilo que Julius teria se transformado se todos os movimentos do robô de Pickle também tivessem sido infligidos ao exoesqueleto do rapaz.

Ory bateu de novo o robozinho enlouquecido contra a pequena casa. E, de novo, lá fora algo atingiu a construção real com força similar.

Reed não se conformava que Shelly e os irmãos estavam ignorando os sons. Como podiam não estar ouvindo?

— Você ainda não disse o que precisava resolver — insistiu Pickle.

Outra batida do robô contra a casinha. Outro estrondo lá fora.

Pickle não mencionou os sons idênticos.

As pernas de Reed cederam, e ele caiu no chão. Não estava mais tão ansioso para sair. Não. Queria mais do que tudo ficar ali dentro... talvez para sempre.

Espiou os arredores. Será que todas as janelas e portas estavam trancadas?

E se não estivessem?

Não, claro que estavam. A sra. Girard não teria se esquecido de trancar as fechaduras. Era tão neurótica com a segurança dos filhos quanto era com a alimentação deles.

— Reed?

Ele olhou para Pickle.

— Ah, esqueci o que eu ia fazer — falou.

— Esqueceu que queria sair agora há pouco? — perguntou Pickle.

Reed assentiu.

— Acho que comi demais. Meu cérebro está afogado em molho barbecue.

Pickle abriu um sorrisinho.

— As asinhas de frango da minha mãe são ótimas mesmo.

Ele se inclinou para a frente.

— Ei, será que tem mais? Asinhas ou pimentas recheadas?

O garoto olhou para a irmã.

— Ei, Shel, sobrou comida?

Shelly ergueu o olhar do livro.

— Oi?

— Comida. Sobrou?

— Ah, não. Acabou — respondeu Shelly. — E não é possível que você já esteja com fome! Não é justo você comer tanto e continuar tão magro! Minha vida seria paradisíaca se eu pudesse comer que nem você.

Paradisíaca, que remete ao paraíso, pensou Reed, sem nem notar.

Ory havia parado de lançar o robô contra a maquete. Em vez disso, fazia a casinha circular pela casa numa velocidade absurda.

— Não é culpa minha se sinto fome o tempo todo — rebateu Pickle.

— Bom, não é possível ser fome de verdade. Talvez você esteja só com sede.

— Quero refri — pediu Ory.

Era a primeira coisa que ele dizia desde que voltara a brincar com o robô.

— Boa ideia, hein? — falou o irmão.

— Não tem refri — avisou Shelly.

— Por quê? — perguntou Pickle.

— Lembra que a mamãe leu um artigo sobre a combinação de gás e açúcar? Ela descobriu que nosso corpo processa a mistura como se fosse veneno no organismo.

— Ah, é. Verdade.

Pickle suspirou, depois acrescentou:

— A gente não devia deixar a mamãe ler. Parece que ela só lê coisas para deixar nossa vida uma droga.

Reed, que àquela altura já estava apavorado, soltou:

— A vida de vocês não é uma droga!

De queixo caído, Pickle se virou para o amigo.

— Foi mal — desculpou-se Reed. — Foi mal.

Pickle não falou nada, mas Shelly botou o livro de lado e olhou para o amigo com uma das sobrancelhas erguidas.

O garoto deu de ombros.

— É que vocês têm a sorte de morar nessa casa legal e ter uma mãe que sempre faz comida boa, ama vocês e…

Reed parou porque sentiu que começaria a chorar.

E não queria chorar.

Era estresse. Com certeza estava enlouquecendo por causa do próprio pânico.

O robô começou a escalar a lateral da casinha de Shelly. Parecia que, do nada, tinha criado ventosas nas pernas. Subia pelas paredes da construção de brinquedo como se fosse uma aranha.

Por um momento, Reed ficou hipnotizado pela funcionalidade do robô. Logo em seguida, ouviu algo vindo do lado de fora da casa dos Girard. Um barulho diferente. Muito mais preocupante.

Alguma coisa escalava a parede da sala de estar.

Não, não era possível. Ou era?

Reed tentou ignorar os estalidos e zumbidos do robozinho, aguçando a audição para ouvir além. Aquele farfalhar distante vinha da casa?

Sim. Isso. Ele podia ouvir arranhões, semelhantes aos do guaxinim que certa vez escalara sua casa.

Talvez fosse um guaxinim ali fora.

Talvez Reed estivesse literalmente maluco, imaginando tudo aquilo.

Ele tinha pirado. Não era possível estar ouvindo aquelas coisas.

Mas por que teria enlouquecido assim, de uma hora para a outra? Será que era por culpa?

Será que era tão covarde que, no *segundo* em que fizera algo mais duvidoso, seu cérebro já pirara por completo? Estaria doido só porque tinha trancado Julius no exoesqueleto?

— É verdade — concordou Pickle.

Reed quase pulou.

— Oi?!

Pickle tombou a cabeça de lado, curioso com o comportamento peculiar do amigo.

— Eu falei que é verdade porque concordo. Somos sortudos mesmo. Eu devia ter percebido isso antes. Talvez eu esteja precisando de um pouco de açúcar. Se tivesse refri…

— Não tem — repetiu Shelly.

— Quero refri — falou Ory mais uma vez.

Mas não devia estar querendo um refri tanto assim, porque continuava brincando com o robô. O garotinho fizera o protótipo escalar até o primeiro andar da casinha.

Reed ficou de pé num pulo e correu na direção da escada.

— Aonde você vai? — perguntou Pickle.

O garoto se deteve.

Ótima pergunta. Ele geralmente não andava pela casa dos Girard como se morasse ali. Conhecia o andar de cima, claro, e já tinha ido aos quartos dos gêmeos e até mesmo ao de Ory. Mas só quando os amigos estavam junto. Por que ele subiria

106

naquele momento? Por qual motivo faria aquilo… além da necessidade incontrolável de descobrir se havia algo pendurado nas paredes externas da casa, se apoiando nas janelas do segundo andar?

— Ah, foi mal. Lembrei de um livro que preciso pegar emprestado. Eu estava indo buscar. Devia ter pedido antes.

Pickle analisou Reed por alguns segundos, depois deu de ombros.

— Tá bom. Vai lá, não precisa pedir. Você é da família.

Por alguma razão, aquilo fez Reed se engasgar e tossir, como se as palavras tivessem formado um nó em sua garganta. Mas ele sabia que não estava daquele jeito por causa da fala do amigo. Era por causa da culpa. Ninguém da família Girard teria feito o que ele fizera com Julius — mesmo que o rapaz ainda estivesse preso no esqueleto de metal na sala de robótica. Os irmãos com certeza não teriam deixado Julius ser torturado, possivelmente até morto, pelo controle remoto de Pickle. No instante em que percebessem o que podia estar acontecendo, teriam ido conferir.

O que faltava a Reed era iniciativa. Motivação. Ímpeto.

Arrá! Diligência. Esforço para conquistar um objetivo.

Reed balançou a cabeça. Seu cérebro estava esquisito. Lá estava ele, totalmente surtado porque tinha quase certeza de que havia torturado alguém que, naquele momento, escalava a casa dos Girard usando um esqueleto robótico, e mesmo assim seu cérebro decidia se lembrar da definição das palavras do dia.

Talvez se não tivesse lhe faltado *diligência* naquela tarde, pudesse ter salvado Julius antes que ele começasse a subir pela lateral da casa.

Chega!, gritou Reed na própria mente. *Julius não está na lateral da casa!*

Ah, como Reed torcia para estar maluco… Mas tinha a sensação muito, muito ruim, de que estava perfeitamente são. Por algum motivo, simplesmente virara clarividente. Ou seria oniciente?

Talvez fosse só observador e tivesse sentidos aguçados, porque ainda conseguia ouvir algo que definitivamente não eram galhos de árvore raspando na parede externa da casa.

Pickle havia lhe dado permissão para subir, mas Reed continuava parado ali. Qual era o problema dele?

Depois de se recompor, o garoto enfim começou a subir os degraus, logo passando a pular dois por vez.

Assim que chegou ao segundo andar, parou e olhou ao redor. Uma vez ali, o que pretendia fazer?

Se olhasse pela janela e realmente visse o que temia, o que faria a respeito?

Como se livraria de Julius e seu exoesqueleto sem que os amigos soubessem? Na verdade, caramba… Como se livraria de Julius, ponto-final?

Reed olhou para os dois lados do corredor, completamente indeciso. O que faria?

O quarto organizado de Shelly, todo branco e verde, ficava à direita. Ela amava branco e verde. "As cores da pureza e da vida", tinha dito a Reed certa vez.

Já o quarto atulhado de Pickle, com paredes pretas, ficava à esquerda. O de Ory, decorado com carrinhos de corrida, ficava em frente ao de Pickle. Diante de Reed, havia um pequeno lavabo amarelo.

De repente, uma luz entrou pela janela do banheiro... vinda do lado de fora. Reed engoliu em seco.

Logo se lembrou do sensor de movimento que os Girard tinham no quintal. Um deles tinha acabado de ser acionado.

O garoto não tirou os olhos da janela, mas nada de diferente aconteceu. Exceto pela luz, não viu nada estranho. Nada surgiu na janela — nem sombras, nem movimento.

Tampouco podia ouvir algo se movendo. Forçou a audição. Nada.

Lembrou que supostamente tinha subido até ali para pegar um livro, então achou melhor ir até o quarto de Pickle e encontrar algo que pudesse usar como desculpa. Ignorou a sensação de formigamento na nuca enquanto avançava pelo corredor escuro.

Imagens do corpo ensanguentado e mutilado de Julius surgiram no telão da mente de Reed, e ele precisou reprimir um grito. *É só minha imaginação fora do controle*, pensou.

Acendendo um interruptor do lado de dentro do quarto de Pickle, bem ao lado da porta, o garoto enfim deixou o corredor escuro e entrou no território do amigo. Lotado de livros, CDs e equipamentos científicos, o recanto de Pickle lembrava mais um laboratório do que um quarto. Apenas a cama de solteiro coberta pela colcha de constelações sugeria que o espaço pertencia a um adolescente. O restante do recinto exalava uma energia de gênio.

Reed foi até a estante de Pickle, que ia de uma parede à outra. Examinou as prateleiras onde sabia que o amigo guardava os livros de ficção. Pickle lia mais não ficção, mas tinha uma seleção de histórias de ficção científica que alegava ser tão educativa quanto qualquer tomo de ciência. Reed pegou um deles sem nem olhar direito. Depois, se aproximou da janela e espiou além das cortinas cinzentas do amigo. Infelizmente, a iluminação do cômodo não lhe permitia ver muita coisa além do próprio reflexo. Não havia pensado naquilo, claro. Era impossível ver a área externa de um lugar à noite estando num espaço muito iluminado.

Mesmo com o reflexo atrapalhando, porém, dava para ver que não havia nada além da janela. Segurando com força o livro que pegara da prateleira, ele se virou para a porta. Viu lencinhos sujos de sangue na mesinha de cabeceira. O nariz. Era para Reed ter lembrado o amigo de colocar gelo no machucado. Precisava fazer aquilo assim que descesse.

Isso *se* conseguisse descer.

E se Julius, provavelmente com o corpo todo machucado, estivesse à espreita do lado de fora de uma das janelas, só esperando que Reed aparecesse para poder quebrar o vidro e se vingar? Por que Reed estava ali em cima? Devia era estar se escondendo o mais longe possível de Julius e seu exoesqueleto. Quem era bobo de ir na direção do perigo em vez de correr para longe dele?

Alguém que não tinha certeza se o perigo era real ou não.

Reed precisava saber se estava certo ou só maluco.

Assim, se forçou a voltar para o corredor e retomar a busca pelo que quer que estivesse — ou não — lá fora.

Ainda estava escuro no andar de cima. E silencioso.

Reed atravessou o corredor até o quarto de Ory. Ao passar pelo batente, tropeçou em algo e agarrou a maçaneta. Seu coração acelerou. Ouviu um estalido metálico quando seu pé fez contato com o objeto. Será que era um exoesqueleto? Às pressas, acendeu a luz, quase com medo de ver o que havia no chão.

Era só um caminhãozinho de bombeiro.

Reed soltou o ar, aliviado.

Analisou a bagunça caótica de Ory. Não se lembrava de ter visto tantos carrinhos num só lugar, nem mesmo numa loja de brinquedos.

O garotinho tinha um daqueles tapetes com ruas e estradinhas desenhadas. Havia carrinhos de brinquedo espalhados por toda a pista — e também fora dela, no carpete que ia de uma parede à outra. Nada de diferente ali. Uma cortina vermelha com um carro de corrida cobria a única janela do quarto do caçula. Reed não conseguiu se forçar a empurrar o tecido e olhar lá para fora.

Enquanto desligava o interruptor e saía porta afora, ocorreu a Reed que acender as luzes não era uma estratégia muito boa. Além de atrapalhar a visão noturna, luzes internas ainda denunciariam sua localização. Se houvesse algo lá fora, podia estar se escondendo assim que via as luzes se acenderem.

Mas espera, que ideia idiota. Por que Julius estaria se escondendo?

Isso *se* fosse Julius lá fora.

Se houvesse algo lá fora.

Àquela altura, Reed achava que nenhuma das opções lhe traria alívio: ou havia um monstro quebrado e ensanguentado escalando a lateral da casa, ou Reed estava surtando completamente. De um jeito ou de outro, ele não podia apenas ficar parado ali.

— Reed? — chamou Shelly da base da escada.

O garoto congelou, como se a amiga o tivesse flagrado lendo seu diário ou coisa do gênero.

— Oi! — exclamou ele, a voz entrecortada.

— A gente vai até o mercadinho da esquina comprar refri. Quer vir junto?

— Não, vão vocês. Vou ficar, se não tiver problema.

— Claro. Só cuidado se entrar no quarto do Ory. É capaz de quebrar a perna tropeçando em um dos carrinhos dele. Parece até que esse menino tem uma concessionária por lá.

Shelly riu enquanto Ory protestava:

— Ei! Não tenho, não! Espera… O que é uma concessionária?

Reed sorriu. Por um segundo, se sentiu quase normal enquanto ouvia os três irmãos seguindo até a porta.

— Ah, Reed? — chamou Pickle.

O garoto se empertigou outra vez, depois pigarreou.

— Diga!

— Se minha mãe chegar mais cedo, não conta para ela aonde a gente foi — gritou o amigo.

— Você é muito tonto — saltou Shelly. — Acha mesmo que ela não sabe de tudo que a gente faz?

— Ela sabe? — perguntou Ory, impressionado. — *Tudo?*

— Tudo — confirmou Shelly, enfática, enquanto Reed ouvia o barulho da porta da frente se abrindo.

Ficou prestando atenção, escutando os baques e farfalhares dos amigos saindo de casa. A porta bateu, e ele aguardou. Ouviu a tranca se fechar, e agradeceu mentalmente por Shelly seguir todas as dicas de segurança da mãe.

Ao mesmo tempo, percebeu que estava cem por cento sozinho na casa dos Girard. Se suas suspeitas fossem verdadeiras, ele poderia se ferrar. Para valer.

E se Julius estivesse exatamente esperando uma oportunidade daquelas?

Mas por quê? Por que Julius esperaria se fosse um monstro todo retorcido? Por que não iria querer simplesmente matar tudo que visse pela frente?

Espera. O cérebro de Reed estava realmente viajando. Só porque Julius podia estar todo dilacerado no exoesqueleto no qual Reed o trancara (exoesqueleto este que Ory havia forçado a fazer coisas que podiam ter causado uma dor insuportável a Julius), não significava que o valentão tinha se transformado em um assassino. Ainda era um garoto, talvez horrível e, àquela altura, muito machucado, no entanto ainda assim era só um garoto.

Mas seria mesmo? Não, na verdade. Julius era um garoto *muito cruel*.

Reed jamais esqueceria o primeiro dia de Julius na escola, no terceiro ano do fundamental. Nunca esqueceria porque sua própria tortura havia começado naquele exato dia. Julius vinha atormentando Reed ao longo dos últimos seis anos.

Ao que parecia, o valentão amava humilhar outros alunos, e ficava eufórico quando os machucava. Até onde Reed sabia, Julius já era um assassino. No mínimo, matava e dissecava esquilos havia anos.

Então, se o rapaz estivesse sentindo uma dor inimaginável por causa de Reed, fazia sentido ter se tornado ainda mais homicida. Reed não tinha certeza, mas imaginava que o sofrimento podia despertar o pior nas pessoas.

A casa estalou, e Reed despertou de seu devaneio no corredor escuro.

O ruído tinha sido só a casa estalando, certo?

Ficou ali, prestando atenção, por vários minutos. Como não ouviu mais nada, seguiu pelo corredor até o quarto de Shelly. Sabia que não devia mexer em nada ali. A amiga era obcecada com organização. Bem devagar, pé ante pé, ele avançou pelo quarto escuro até chegar à janela, que dava para a frente da casa. Parando a um passo do parapeito, ergueu a ponta da pesada cortina verde e espiou.

Nada anormal do lado de fora. Abaixo da janela, o telhado do alpendre se estendia ao longo de toda a frente da casa. Na rua, a caixa de correio pendia um pouco para a esquerda.

Dois cedros imensos esticavam seus galhos na direção da janela de Shelly. Um deles roçava na lateral da casa. Não estava ventando, como Reed já tinha concluído, mas uma brisa leve de fato fazia o galho raspar na parede. Era aquele o som que o garoto ouvira antes? Será que havia pirado daquele jeito por nada?

Esperava que sim, mas não achava que era o caso. Analisando a noite, procurou sinais de movimento, mas foi em vão.

Depois de se afastar da janela, Reed saiu do quarto de Shelly. No corredor, hesitou. Será que devia ir ao quarto do sr. e da sra. Girard?

Olhou ao redor.

Contanto que não encostasse em nada, por que não? Não era como se fosse acender a luz e sair fuçando em tudo. Só queria olhar além da janela grande que dava para o quintal.

Reed seguiu pelo corredor e adentrou o quarto. Uma luz de emergência perto do banheiro da suíte iluminava bem de leve o cômodo. Criava sombras assustadoras, mas ao menos facilitava a movimentação por ali. Bastou desviar de uma cadeira de balanço perto da janela e abrir um pouco a cortina. Foi quando viu...

... nada. De novo, não havia nada no quintal. Estava tudo normal.

Chega!

Reed largou a cortina e atravessou o quarto. Olhou para o corredor, depois desceu depressa os degraus e voltou à sala de estar.

O cômodo parecia quase idêntico a quando ele o deixara, exceto pelo fato de que os irmãos Girard não estavam lá. Pelo jeito, Pickle tinha colocado um pedacinho de lenha na lareira depois que Reed subiu, porque o fogo crepitava atrás da grelha de metal que protegia o espaço de faíscas rebeldes. O livro de Pickle estava na extremidade da mesa, perto da poltrona do pai. O de Shelly jazia sobre o sofá.

Reed se sentou no carpete macio e olhou ao redor.

Onde estava o robozinho?

O garoto não o via em lugar nenhum. Será que Ory o levara até o mercado?

Por fim, Reed viu o controle perto do sofá. O protótipo, por outro lado, não estava à vista. Talvez tivesse ido parar embaixo de algum móvel.

Reed se virou e olhou para a maquete de Shelly. Era maravilhosa mesmo. Cada detalhe parecia ter sido feito com perfeição. Todos os móveis à vista no alpendre e dentro da casa, atrás das janelas abertas, eram idênticos às peças do mobiliário da casa real. *Mas e o restante da decoração?*, pensou ele.

Por isso, se abaixou para analisar a casa mais de perto.

Como havia imaginado, Shelly tinha recriado as obras de arte e quinquilharias do lar da família. A casa de brinquedo era uma cópia fiel da casa real. A garota havia feito até as marcas a lápis com datas na parede ao lado da porta da cozinha, aquelas que registravam o crescimento das crianças Girard ao longo dos anos. Do lado de fora, uma das calhas estava torta, como a verdadeira. Aquilo tinha acontecido enquanto Reed e Pickle brincavam com uma bola de futebol americano. Um dos arremessos, embora forte, tinha dado errado e deixado uma marca permanente no metal.

Reed se ajeitou para enxergar melhor a versão em miniatura do cômodo onde estava.

— Uau — sussurrou.

Havia uma maquete da casa dentro da maquete! Quanta atenção aos detalhes!

Não devia ser surpreendente Shelly ser tão detalhista. Ela nunca fazia nada pela metade. E, se não fosse capaz de fazer direito, nem começava.

Reed se lembrou de um dia, no jardim de infância, quando a turma toda brincava de pintura de dedo. A professora estava dando a volta na sala, dizendo para todas as crianças como estavam indo bem; quando chegara em Shelly, porém, havia ficado em silêncio.

— Eu não estou indo bem também? — perguntara a menina.

— Claro, mocinha — respondera a professora.

— Mentira — acusara Shelly. — Sei pelo seu tom de voz.

Ela então havia se levantado e pousado as mãos na cintura, tomando o cuidado de não manchar a roupa de vermelho.

Reed se lembrava de ter visto a professora hesitando, e enfim decidindo falar a verdade.

— É que você não está aproveitando a pintura a dedo como deveria. A ideia é ser livre com as cores e se divertir. Você está se esforçando demais, fazendo tudo parecer muito perfeito.

— Entendi — dissera Shelly.

Depois havia ficado de pé, pegado o desenho e ido a passos largos até o lixo para descartar sua obra.

Reed riu com a lembrança. Depois, viu algo prateado e brilhante cintilando pela janela da sala de estar do modelo da casinha. Ele se inclinou adiante e tombou a cabeça para poder ver além da miniatura.

Arrá. Lá estava o robozinho. Dentro do diorama de casa, atrás da maquete.

Reed começou a estender a mão para resgatar o projeto de Pickle. Antes que pudesse tocar na porta da frente da maquete, porém, o pequeno esqueleto robótico se ergueu.

O garoto se sobressaltou, balançando a cabeça com o susto.

Foi quando Julius saltou de trás da maquete.

Reed recuou aos tropeços, gritando.

Em sua mente, chamou de Julius o que viu porque sua imaginação fértil o havia preparado para sua aparência, mas a coisa já não tinha nada a ver com Julius.

Na verdade, estava exatamente como a mente de Reed sabia que Julius estaria. Àquela altura, não passava de uma massaroca de carne parecida com um polvo, os membros massacrados presos à estrutura de metal. Julius não podia ser mais chamado de garoto. Não podia mais ser chamado de humano.

Reed não sabia sequer se o rapaz estava vivo.

Sim, a coisa se movia, mas Reed não sabia se era Julius se movimentando, ou se era o cadáver do garoto controlado pelo esqueleto metálico preso a ele como um repugnante parasita externo.

O rosto de Julius parecia flácido, como se não houvesse vida ali. A aparência sugeria que as estruturas ósseas de sua testa, bochechas e mandíbula tinham sido pulverizadas. Com as feições tão distorcidas, ele mais parecia um boneco de pano de si mesmo, costurado sem muito esmero. Não mais emoldurado pelo cabelo loiro e cacheado, porque os fios estavam grudados e melecados com sangue coagulado, o rosto de Julius parecia a cara de uma boneca repulsiva — uma boneca muito pior do que a de Alexa, com os olhos pretos esbugalhados.

Os olhos de Julius eram mil vezes mais perturbadores do que os do brinquedo, pretos e vazios. Tinham se revirado nas órbitas, de modo a mostrar só a parte branca, toda baça e leitosa. Os globos fantasmagóricos o faziam parecer um zumbi cego.

Mas, assim como um zumbi, Julius estava se movendo, vivo ou não. E se movia cheio de determinação na direção de Reed.

O garoto forçou as pernas a funcionarem, e conseguiu se endireitar. Olhando desesperadamente ao redor do quarto, tentou decidir a melhor rota de fuga.

As janelas?

A tranca era muito complicada. Ele não conseguiria abrir a tempo.

A porta?

Que idiota.

Reed correu na direção da porta dupla com janelinhas de vidro. Sabia que a tranca era especial, trancava por dentro ou por fora — mas a chave devia estar por perto, não? Ele analisou a área ao redor da porta. Nada de chave.

Percebeu que não tinha ideia de onde os Girard guardavam o objeto, e não tinha tempo para procurar.

Reed se virou e correu na direção da entrada. A coisa que tinha sido Julius saiu do esconderijo atrás da maquete, tropeçando na direção do garoto. Reed passou às pressas pela abertura em arco, virando na quina do corredor e depois disparou até a porta da frente. Antes que conseguisse chegar lá, porém, Julius saltou para o teto e bloqueou o caminho que levava à entrada.

O garoto não parou para considerar as opções. Só disparou escada acima.

Olhando por sobre o ombro, horrorizado, viu Julius e sua estrutura de metal chacoalhando grotescamente os membros para se catapultar do teto para a parede da escadaria. A coisa escalava enquanto Reed corria. O garoto mal conseguia se manter à frente do seu perseguidor.

No patamar, teve um vislumbre de Julius retornando ao teto. Reed se virou, focando no quarto de Pickle. Seu plano, se era que dava para chamar disso, era usar os equipamentos científicos do amigo para manter Julius longe enquanto ele próprio escapava pela janela, que dava para a frente da casa. Assim como a do quarto de Shelly, ficava logo acima do telhado do alpendre, então Reed não precisaria saltar do andar de cima para o térreo — se bem que, àquela altura, estaria disposto a pular de onde fosse só para se livrar de Julius… ou do que restava dele.

Sentindo algo ao mesmo tempo borrachento e afiado cutucar seu ombro enquanto corria porta adentro, Reed conseguiu acender a luz do quarto. Agarrou o primeiro equipamento que viu, um microscópio grande e pesado — quase grande e pesado demais para que ele fosse capaz de erguer.

Segurando com força, Reed se virou e brandiu o microscópio à sua frente. Tinha certeza de que acertaria Julius, pois sabia que a coisa estava bem no seu encalce.

Mas ele não estava ali.

Reed olhou ao redor, desesperado. Para onde Julius tinha ido? Olhou para o teto.

A abominação despencou bem em cima de Reed antes que ele conseguisse desferir outro golpe com o microscópio. Com o impacto, o equipamento caiu das mãos do garoto. Rolou pelo chão enquanto Reed gritava e lutava para se desvencilhar da horrenda combinação de metal duro e afiado e membros destruídos, molengas e melecados. Ao mesmo tempo, tentava prender a respiração, porque a coisa que antes tinha sido Julius fedia demais. O cheiro era de sangue, carne podre e suor. Também pingava sobre Reed. A carne de Julius e suas roupas — não mais estilosas, todas perfuradas por buracos provocados por ossos quebrados — estavam manchadas de sangue seco, e ainda escorria sangue fresco do corpo.

Tirando forças do nojo que sentia, Reed começou a golpear o metal e a carne que tentavam dominá-lo. Lutou com toda a força que tinha somada àquela que obviamente tirara de algum outro lugar.

No início, achou que conseguiria escapar. As mãos de Julius não estavam se movendo direito, e ele não conseguia prender Reed com firmeza. O garoto conseguiu se arrastar de debaixo de Julius e ficou de pé, se preparando para contornar a cama e escapar pela janela.

Mas a velocidade de Julius compensava sua falta de coordenação e força. Reed conseguiu percorrer apenas metade do caminho até a janela antes que algo agarrasse seu pé.

Não, não *algo*. Julius, ou o esqueleto metálico — ou as duas coisas.

Reed olhou para a combinação de metal e tecidos que agarrava seu tornozelo.

— Me solta! — gritou.

Por que estava se dando ao trabalho de falar? Achava mesmo que um comando aos berros deteria a coisa em que Julius havia se transformado? Não deteria o Julius humano, muito menos aquela versão dele.

Reed começou a sacudir o pé até conseguir aliviar um pouco a pressão. Logo depois, porém, Julius intensificou o aperto. Como? Como conseguia segurar qualquer coisa sem ossos funcionais?

Não importava. Reed estava só se distraindo com aquele monte de pensamentos irrelevantes numa tentativa de adiar o inevitável.

Não conseguiria fugir de Julius, nem se chegasse à janela. O valentão estava unido a um esqueleto robótico que um simples humano não conseguiria derrotar — em especial se o simples humano fosse Reed. Além disso, Julius parecia impulsionado pela monstruosidade que havia se tornado. E aquela monstruosidade nascera do tipo de emoção que impelia humanos a ultrapassar suas limitações normais. Emoções como dor e medo.

Emoções como raiva.

A raiva de Julius era mais poderosa do que a culpa de Reed.

O garoto não tinha a menor chance.

Ainda assim, ele tentou. Balançando os pés como se estivesse nadando loucamente contra a correnteza, Reed se arrastou pelo tapete usando os braços. Incitou o próprio corpo a se desvencilhar do que o prendia. Ele se imaginou chegando à janela do quarto de Pickle e saltando para a liberdade.

Reed soltou um berro digno de uma banshee e conseguiu soltar o tornozelo da mão de Julius. Com dificuldade, ficou de pé e se virou na direção da janela.

Antes que pudesse dar um passo, porém, Julius já estava em sua cola. Dessa vez, se jogou bem em cima de Reed, e ambos caíram sobre a cama de Pickle. Reed acabou preso sob o peso dos horrendos restos de Julius e da estrutura metálica.

Sentiu o fedor do garoto e teve ânsia de vômito. Mesmo assim, conseguiu soltar um "Socorro!".

Estava pedindo ajuda para quem? Não havia ninguém na casa. Será que os vizinhos ouviriam?

O rosto de Reed estava a centímetros dos olhos sem vida e da boca flácida de Julius. Reprimindo outra ânsia de vômito enquanto choramingava, o garoto virou o rosto para longe do horror acima dele. Fechou os olhos com força, como se pudesse fazer o atacante macabro desaparecer ao fingir que não estava ali.

Com o coração batendo tão alto que ele mal conseguia ouvir mais nada, Reed se agitou e se desvencilhou, tentando se libertar da coisa. Mas não era forte o bastante. Mesmo que Julius não parecesse estar prendendo Reed no lugar, o peso do rapaz e da estrutura de metal era suficiente para manter o garoto ali.

Ele estava preso.

Praticamente sem fôlego de choque e medo, Reed se forçou a abrir as pálpebras e olhar para Julius. Quando o fez, lamentou a escolha, então voltou a fechar os olhos imediatamente. Era impossível fitar os globos brancos sem íris que o encaravam de volta.

Mas será que encaravam mesmo?

Reed nem sabia dizer se Julius estava ou não consciente. Como poderia estar, com os ossos esmigalhados daquele jeito? Era mais provável que o rapaz estivesse morto, e que os movimentos da estrutura metálica fossem causados por algum tipo de curto no sistema. Talvez a interferência do controle remoto de Pickle tivesse fritado tanto os sistemas do exoesqueleto que ele havia passado a agir por vontade própria.

Algo pingou no rosto de Reed, que precisou abrir os olhos. Era pior não saber o que estava acontecendo acima dele.

Assim, o garoto se forçou a espiar.

Certo, talvez não fosse pior.

Sangue se acumulava na massa melequenta que antes costumava ser o rosto de Julius. Parecia uma esponja deformada que tinha sido usada para limpar a cena de um massacre. E de repente, seu conteúdo quente e úmido escorria sobre as bochechas de Reed. O cachecol, antes da cor creme, enrolado ao redor do pescoço de Julius também estava encharcado. Pendia na direção de Reed como um animal morto num açougue.

Hipnotizado pelo branco dos olhos de Julius, protuberantes entre os longos cílios loiros, Reed não conseguia desviar a atenção da coisa deformada diante dele. Ainda assim, continuou lutando. Grunhindo, empurrou com toda a força possível.

Não serviu de nada. Era como se estivesse sob o peso de centenas de carros.

— Por favor, por favor — sussurrou Reed. — Eu sinto muito. Sinto muito mesmo. Não sabia que isso ia acontecer com você.

Só queria te deixar lá trancado de um dia para o outro. Não queria que isso acontecesse.

Sabia que de nada adiantaria implorar, mas não conseguia evitar. Abriu a boca para continuar falando, mas a pergunta sobre a consciência de Julius foi enfim respondida: o rapaz abaixou o corpo para que sua carne pesada e gotejante pressionasse a boca de Reed. Assim, o menino não conseguia mais falar.

Mas conseguia ouvir.

Lá embaixo, os irmãos voltavam do mercadinho. Reed ouviu Pickle dizer a Shelly que conseguiria construir um instrumento de tortura melhor do que qualquer um idealizado pelos povos medievais.

— Não sei muito bem se isso seria uma conquista, Pickle — comentou Shelly.

Reed se debateu, grunhindo, desesperado para chamar a atenção dos amigos.

Mesmo tentando berrar com todas as forças, ele só conseguia soltar grunhidos ininteligíveis.

Do andar de baixo, veio a voz de Ory:

— Posso brincar com o controle remoto de novo, Pickle?

Julius se mexeu, e Reed se permitiu nutrir esperanças por um segundo. Talvez conseguisse se safar.

Imprimindo cada grama de força que tinha nos músculos, se impeliu para cima. Torcia para que irrompesse como um vulcão e fosse ejetado para longe de Julius, em direção à liberdade.

Mas não foi o que aconteceu. Ou melhor, foi, mas antes que pudesse ser ejetado para longe da prisão formada por Julius, as mãos destruídas da coisa conseguiram agarrar as de Reed, que estavam estendidas. Ao mesmo tempo, as pernas disformes envolveram com força os tornozelos do garoto.

Reed estava tão preso a Julius quanto Julius ao exoesqueleto. E Reed sabia o que aconteceria em seguida.

Com a pressão do rosto de Julius contra o pescoço, Reed era incapaz de emitir sons que pudessem ser ouvidos no andar de baixo. Estava lidando com seu pior pesadelo, e não conseguia gritar.

No térreo, Pickle respondeu à pergunta do irmão.

— Claro, Ory. Vai lá, manda bala. A gente tem a noite toda!

Ory sorriu e se ajoelhou no chão ao lado da maquete. Geralmente interessado apenas em carros e corridas, o menininho estava surpreso com a diversão oferecida pelo robozinho. Talvez pudesse fazer o irmão construir outras coisas para ele. Nunca tinha colocado as mãos num brinquedo que se mexia daquele jeito. Era legal demais!

Apertando um botão, Ory fez o pequeno esqueleto se arrastar para fora da casinha, sem querer irritar a irmã. Em determinado momento, o robozinho trombou contra uma das paredes. No mesmo instante, o menino ouviu um baque no andar de cima.

Olhou para o teto, mas não escutou mais nada, então continuou guiando cuidadosamente o robô para fora da casinha, na direção do alpendre minúsculo. Quando conseguiu, comemorou com um soquinho no ar.

Feliz consigo mesmo, Ory escancarou ainda mais o sorriso e decidiu ver se conseguia controlar o robô para que ele fizesse coisas ainda mais esquisitas do que antes. Passou a manipular o controle tão rápido que seus dedos não passavam de um grande borrão.

Em resposta, o robozinho disparou para fora do alpendre da casa de brinquedo, girando e se debatendo. Enquanto Ory gritava de triunfo, o pequeno esqueleto metálico começou a pipocar e estalar de todas as formas mais deliciosamente sobrenaturais.

ELE ME
EXPLICOU
TUDO

— **Queria que a gente fosse** uma família legal — comentou Chris.

Ele, os pais e a irmã estavam sentados ao redor da mesa de segunda mão, comendo cachorro-quente, feijão enlatado e macarrão com queijo de caixinha.

— O que raios você quer dizer com isso? — perguntou o pai de Chris. Ele ainda estava usando o uniforme da oficina mecânica; seu nome, DAVE, havia sido bordado em letras cursivas no bolso do peito. — Acha que a gente é um bando de babaca ou coisa assim? Olha para a sua mãe, pô. Ela tem cara de alguém que não é legal, por acaso?

A mãe de Chris abriu um sorriso angelical exagerado e tremelicou os cílios com camadas de rímel.

— E sua irmãzinha aqui? — continuou o pai de Chris, apontando o garfo cheio de macarrão na direção de Emma. — Ela não é legal?

— Eu sou muito legal — afirmou a garota, ajeitando os óculos no nariz salpicado de sardas. Estava no quarto ano e, na opinião de Chris, era muito mandona para a idade que tinha. Ela apontou para o próprio uniforme verde, que incluía uma faixa cheia de distintivos. — Sou até escoteira.

—Viu? Não tem como ser mais legal do que isso — falou o pai de Chris. — E todo mundo que me conhece diz que sou um cara legal: o pessoal da oficina, meus clientes, meus parças do boliche. Em geral, as pessoas gostam de mim. Ou pelo menos não saem correndo quando me veem chegando.

Ele estendeu a mão para pegar outro cachorro-quente (*Um erro, considerando essa pança que só cresce*, pensou Chris) e colocou uma camada generosa de mostarda.

— Então, como assim, nossa família não é legal?

Chris tinha a impressão de que o pai não havia entendido direito. Aquilo acontecia com frequência.

— Não, vocês são pessoas legais — concordou o garoto. — Não foi isso que eu quis dizer, e sim que…

Em vão, Chris vasculhou a mente em busca de uma forma de expressar seus pensamentos sem ofender a família.

— É, acho que nem eu sei o que quis dizer.

Mas, na verdade, Chris sabia *muito bem*. Os pais dele eram pessoas boas: cidadãos de bem que amavam os filhos e trabalhavam duro pela família e pela comunidade. A irmãzinha era irritante como qualquer irmã mais nova, mas não dava para dizer que era uma pessoa ruim. Ainda assim, quando comparava a própria família às dos melhores alunos da escola, via como ela deixava a desejar.

Parte disso se devia à educação dos pais, ou à falta dela. Sua mãe havia começado a trabalhar como caixa na concessionária de energia aos dezoito anos, logo depois de se formar no ensino médio, e lá continuava desde então. Já o pai de Chris tinha se formado em uma escola técnica para aprender a trabalhar com carros. Tinha uma excelente reputação como mecânico, mas para Chris a profissão não soava prestigiosa o bastante. Seu pai sempre voltava para casa todo sujo e cheirando a graxa. Na opinião do garoto, pessoas bem-sucedidas não chegavam imundas do trabalho.

Quando Chris ia com os pais a um restaurante, uma loja ou alguma reunião da escola, sempre sentia vergonha. A mãe falava alto e era escandalosa. Usava cores berrantes, o batom mais vermelhão possível e as maiores e mais cintilantes bijuterias à disposição.

Já o pai, apesar de tomar banho após o serviço, sempre estava com as unhas sujas, então nunca parecia realmente limpo. E havia também a questão do peso. A barriga do sujeito pendia sobre o cinto, e às vezes a camisa subia tanto que a pança escapava. Quando ele se sentava, o cós da calça caía e revelava algo ainda pior.

Chris sabia que os dois eram legais. Só queria que parecessem legais e agissem de forma apropriada em público. Os familiares dos melhores alunos da escola sempre sabiam como se portar e agir. Os pais vestiam terno e gravata ou calça cáqui e camisa polo. As mães usavam blusas chiques, calça social, joias caras e maquiagem. Tinham profissões de prestígio: advogados, engenheiros ou médicos. Carreiras que exigiam anos de estudo além do ensino médio. Era o tipo de carreira que o garoto almejava.

Os pais de Chris não tinham empregos importantes que pagavam bem. Não eram pobres, não exatamente. Tinham casa própria, mas era simples e meio abarrotada, quase pequena demais para comportar uma família de quatro pessoas, e os móveis eram quase todos de segunda mão, doados pelos avós de Chris. A mãe tinha um carro, e o pai, outro, mas ambos eram antiquíssimos e só continuavam funcionando graças ao conhecimento de mecânica do pai. A família tinha um computador caindo aos pedaços que todos dividiam, e o videogame de Chris era tão tragicamente desatualizado que nem rodava jogos mais recentes. Tinham o plano básico de televisão a cabo. Sério, quem tinha só o plano básico de televisão a cabo?

Quando Chris transitava pela cidade no ônibus escolar, sempre ficava admirando os bairros cheios de sobrados chiques de paredes de tijolinho. Gostava de fantasiar sobre as famílias que moravam ali: os pais médicos, as mães advogadas e os filhos com ótimo desempenho escolar, vestindo roupas de marca, comendo salmão e legumes grelhados no jantar e depois descansando cada um no próprio quarto, todos dignos de aparecerem naquelas revistas de arquitetura que ele sempre folheava em salinhas de espera de consultórios médicos. Os pais provavelmente jogavam golfe e tênis nos clubes enquanto os filhos brincavam na piscina. Ninguém se preocupava em não ter como pagar a faculdade dos filhos quando chegasse a hora.

Era aquilo que Chris tinha em mente ao desejar que fossem uma família legal. Queria uma vida legal para eles, com coisas legais, e um futuro brilhante para ele e a irmã. Com certeza não era tão errado querer mais da vida do que juntar moedinhas todos os meses para pagar os boletos, e precisar comprar coisas de marcas populares no mercado só para economizar alguns trocados.

— Emma, é sua vez de lavar a louça — avisou a mãe de Chris enquanto terminavam de comer.

— Beleza, mãe — respondeu a garota.

A disposição da irmã irritava Chris. Por acaso ela não enjoava de fazer as mesmas tarefas várias e várias vezes?

— Chris, falei para a sra. Thomas que você ajudaria a tirar o lixo dela hoje à noite — informou a mãe, se levantando da mesa. — Quando terminar, pode levar o Bisteca para dar uma voltinha depois do jantar.

O menino não queria fazer nenhuma das duas coisas. Por que pais estavam sempre explorando os filhos, colocando crianças para trabalhar?

— Mãe… — começou ele, tentando evitar que a voz se afinasse num choramingo. — Estou meio ocupado. Amanhã é o primeiro dia de aula, e eu preciso preparar tudo.

— Tirar o lixo da sra. Thomas e levar o Bisteca para passear vai levar no máximo meia horinha. Ainda vai ter tempo de sobra para arrumar tudo para a escola amanhã.

Pelo tom de voz da mãe, ele já sabia que não adiantava insistir.

— Beleza, mas não vou ficar nem um pouco feliz fazendo essas coisas.

— Sei que não — retrucou a mãe. — É parte do meu plano maligno para oprimir você. — Ela soltou uma risada falsa, como uma vilã de desenho animado. — Qual é, foi uma piadinha.

Emma, que já tirava a mesa, deu risada, mas Chris não daria aquele gostinho à mãe. Com um suspiro teatral, ele se levantou e saiu pela porta dos fundos na direção da casa da vizinha.

A mulher era tão idosa que os pais de Chris não entendiam como ainda conseguia morar sozinha e cuidar de si mesma. Tinha sido professora de inglês do ensino médio por mais de quarenta anos, responsável por ensinar gerações de alunos da cidade, incluindo os pais de Chris. Àquela altura, porém, era aposentada e viúva havia anos, e vivia numa casa pequena, apertada e lotada de livros, tendo apenas seus gatos como companhia. Cozinhava e faxinava a casa sozinha, mas os pais de Chris a ajudavam com qualquer outra coisa que exigisse mais esforço.

Ou, ao menos no caso de tirar o lixo, forçavam Chris a ajudar. O combinado era que, na véspera da coleta, Chris iria até a casa da sra. Thomas, esvaziaria todas as latas de lixo da casa e levaria os sacos até a grande lixeira no quintal, e depois a empurraria até a calçada para ser esvaziada pelos garis na manhã seguinte.

Uma vez, Chris tinha perguntado ao pai se poderia ao menos ser pago por aquela responsabilidade semanal, mas Dave apenas respondera que "nem tudo deve ser feito por dinheiro, e sim por ser a coisa certa a se fazer".

Chris tinha encarado aquilo como um não.

O menino bateu na porta da vizinha e se preparou para esperar. Ela andava devagar, e sempre demorava muito para atender. Quando enfim chegou à porta, estava usando o mesmo cardigã amarelo de sempre, que vestia mesmo quando estava calor lá fora. Era uma mulher pequenina e delicada, parecida com um pássaro. Usava óculos com lentes fundo de garrafa, e seu cabelo era fino e grisalho.

— Oi, Christopher. Que gentil da sua parte vir me ajudar.

Era a única pessoa que chamava o garoto de Christopher.

— Sem problemas — respondeu Chris.

Mas, no fundo, não tinha nada a ver com ser ou não gentil. A questão era que ele ainda era pré-adolescente, então, quando os pais o mandavam fazer algo, sua única escolha era fazer ou sofrer as consequências.

— Pode entrar, por favor — convidou a senhorinha, segurando a porta aberta. — Só tem um saco de lixo para tirar. Está na cozinha.

A casa era escura e cheirava a mofo. As paredes eram cobertas de estantes de livros, e havia pelo menos um gato cochilando em cada móvel da sala de estar. Ele a seguiu até a cozinha.

— Quer um biscoito antes de botar a mão na massa? — ofereceu a sra. Thomas, apontando para o pote em formato de gato sobre a bancada da cozinha.

— Não, obrigado. Acabei de jantar.

Os biscoitos da vizinha eram do tipo barato vendido em lojas de um e noventa e nove, e estavam sempre murchos. Depois de aceitar a oferta duas vezes, o menino havia aprendido que era melhor negar.

— Bom, isso nunca me impediu de comer um biscoitinho — brincou a vizinha, sorrindo. — Sua mãe comentou que você começa no ensino médio amanhã. Deve estar empolgado.

— Estou mesmo, senhora — respondeu Chris, ansioso para que a conversa acabasse e ele pudesse voltar ao que realmente importava.

— Ela estava falando sobre como você é um bom aluno e adora aprender. Eu dei aula no ensino médio por muitos anos, sabia? Literatura inglesa. Se você precisar de qualquer ajuda com essas coisas, pode me avisar. E se quiser pegar algum livro meu emprestado, pode ficar à vontade.

— Obrigado, mas não curto tanto literatura. Sou um cara mais das ciências mesmo.

— Não se coloque dentro de uma caixinha ainda. Você é novo demais — aconselhou a sra. Thomas. — E nada te impede de ser os dois ao mesmo tempo. Há muitas coisas maravilhosas no mundo para serem aprendidas.

Chris ergueu o saco de lixo, quase todo cheio de latinhas vazias de comida de gato, e o tirou da lixeira.

— Vou botar isso lá fora e depois empurrar a caçamba até a calçada, tudo bem?

A sra. Thomas assentiu.

— Obrigada, Christopher. Você me ajuda muito.

O garoto voltou até o próprio quintal. Sabia que a vizinha estava tentando ser legal, mas era meio triste ela achar que poderia ajudar o menino com coisas de escola. Havia frequentado a pequena faculdade local um bilhão de anos atrás, e depois dera aulas de literatura até se aposentar. Não era como se fosse uma grande intelectual. Além disso, era idosa, então provavelmente já havia esquecido o pouco que sabia. Com certeza não tinha nada a ensinar para ele.

Chris abriu o portão que dava para o quintal cercado, onde Bisteca esperava com o rabinho balançando. Assim que o menino entrou, o cachorro começou a pular em cima dele, esticando o pescoço para lamber seu rosto.

— Para com isso, Bisteca! Assim você vai me sujar de lama!

Chris recuou para longe das patinhas sujas do cachorro e tentou espanar a calça.

O menino sempre quisera um cachorro, mas Bisteca não era o que ele tinha em mente. Chris queria um que fosse inteligente, um daqueles bonitos de raça que via em programas de televisão — um border collie ou um pastor-de-shetland. Mas o pai dizia que não podia arcar com um cão de raça, e que era sacanagem pagar caro por um cachorro sendo que havia tantos animais em abrigos precisando de um lar.

Assim, certa tarde, quando Chris estava no sexto ano, o pai havia chegado em casa com Bisteca, um imenso vira-lata marrom e bege de dentes tortos, que não era nem um pouco parecido com as raças de pastoreio que o garoto admirava. Logo ficou claro que Bisteca também não era inteligente o bastante para aprender truques ou comandos de agilidade que Chris sonhava em ensinar ao seu animal de estimação. Em vez disso, era só um bicho feliz e bobo cujas atividades favoritas eram focadas na própria barriga — fosse a enchendo de comida ou recebendo carinho nela.

— Quer passear? — perguntou Chris, sem muito entusiasmo.

Bisteca compensou abanando o rabinho, latindo e correndo em círculos.

— Se você não sentar, não vou conseguir colocar a coleira — reclamou o garoto.

Era inacreditável como ele perdia tempo obedecendo às ordens dos pais.

Prendeu a guia à coleira de Bisteca.

— Uma volta no quarteirão e chega.

Caminhar pela vizinhança era deprimente. As casas eram blocos pequenos e idênticos, originalmente construídas para os operários de uma usina siderúrgica que havia fechado muitos anos antes do nascimento de Chris. Os quintais eram minúsculos. O garoto tinha certeza de que seria o único aluno do Clube de Ciências vindo de um bairro tão humilde. Esperava manter aquilo em segredo dos demais, que sem dúvida moravam em bairros chiques na parte oeste da cidade com nomes como Wellington Manor e Kensington Estates.

Como prometido, deu uma única volta com Bisteca ao redor do quarteirão, depois o colocou para dentro de casa e serviu uma latinha de ração úmida na vasilha. Animado, o cão devorou tudo.

Enfim, com todas as tarefas feitas, Chris poderia ir para o quarto e começar a se organizar para o primeiro dia de aula. Precisava não só arrumar a mochila como também decidir o que vestiria. Ele e a mãe tinham ido fazer compras em uma loja de departamentos que estava em liquidação na semana anterior; levaram cinco camisetas, três calças jeans e um par de tênis novos. As peças escolhidas por Chris pareciam legais, mas ele queria ter roupas de marca das lojas boas do shopping. A mãe dele dizia que ninguém conseguiria notar a diferença, mas o garoto sabia que era uma mentira para que ele se sentisse melhor.

Ainda assim, Chris estava esperançoso. O primeiro dia do ensino médio era um novo começo, uma chance de se provar. *Um jogo novinho em folha, só esperando o pontapé inicial*, costumava dizer o pai — o cara era viciado em clichês. Impressionante...

A coisa que mais empolgava Chris era a possibilidade de entrar no Clube de Ciências. No Colégio de West Valley, as aulas de ciência do sr. Little e o clube que ele supervisionava eram lendários. A sala do professor era iluminada por bolas de plasma, abajures de lava e cordões de lâmpadas azuis e brilhantes. Ele era famoso por demonstrar experimentos espetaculares que envolviam fogo ou explosões cuidadosamente controladas, embora fizesse questão de frisar que seus alunos nunca mexiam com nada que os colocasse em perigo. O homem também era famoso por investir nos projetos de alunos que demonstrassem resultados extraordinários, e quase sempre ganhavam as feiras de ciência quando West Valley competia com outras escolas.

O clube era famoso por levar inúmeros troféus para o colégio, e seus alunos tinham a reputação de serem os melhores da escola. No Dia de Recepção dos Calouros, quando alunos novos tinham a oportunidade de se inscrever em diversas atividades extracurriculares, Chris havia ido direto para a mesa do Clube de Ciências. Era o único no qual tinha se inscrito. *Por que perder tempo com coisas insignificantes quando se pode se juntar ao melhor?*, pensara Chris.

Não via a hora de participar da tradicional experiência imersiva que o sr. Little organizava todos os anos para seus alunos, no fim de semana seguinte. A sala inteira passava a noite na escola, trabalhando num projeto secreto criado pelo professor. Diziam que era algo capaz de mudar a vida de quem participava, garantindo um lugar de destaque no Clube de Ciências e na escola. E Chris queria ser o melhor dos melhores.

— Chris, seus amigos estão aqui! — gritou a mãe da sala de estar.

Josh e Kyle, pensou o garoto, levemente irritado. Tinha que se preparar muito bem para passar a primeira impressão correta em seu primeiro dia de aula. Estava levando aquilo a sério, e Josh e Kyle nunca levavam nada a sério.

— Já vou! — gritou ele de volta.

Terminou de guardar as coisas na mochila antes de ir até a porta. Ao menos tinha conseguido terminar a tarefa, apesar da interrupção.

Os amigos estavam esperando na sala de estar. Josh tinha deixado o cabelo crescer durante o verão, e os cachos castanhos cascateavam às suas costas. Kyle tinha feito uma mecha roxa no cabelo e usava a camiseta de alguma banda cujo símbolo era um crânio sobre ossos cruzados. Chris estava meio nervoso por saber que Josh e Kyle também estariam no Colégio de West Valley no dia seguinte. Embora os três fossem amigos desde a pré-escola, ele esperava que os outros dois não ficassem no seu pé o dia inteiro. Eram garotos legais, mas Chris tinha medo de que passassem a imagem errada aos alunos do Clube de Ciências. Não queria que os antigos amigos o impedissem de fazer amizades novas e melhores.

— E aí? — cumprimentou Josh, ajeitando o cabelo atrás das orelhas, hábito adquirido quando começara a deixar as madeixas crescerem. — Essa é nossa última noite de liberdade.

— É mesmo — concordou Kyle. — Amanhã vão trancar a gente e jogar a chave fora até o próximo verão.

— Então, eu estou meio que empolgado para voltar às aulas — contou Chris. — Tipo, é o ensino médio, sabe?

— É a mesma coisa, só muda o nome — rebateu Josh, já soando entediado. — A gente vai de bicicleta até a sorveteria, depois vamos dar uma passada no lago. Quer vir?

Claro que vão, pensou Chris. Era o que os dois sempre faziam. Mas ele achou melhor ir junto, pelos velhos tempos. No dia seguinte, sua vida estaria prestes a mudar: logo seria repleta de amigos inteligentes, projetos de ciência e conquistas acadêmicas. Os passeios de bicicleta e os sorvetes da infância ficariam só na lembrança.

— Claro, por que não?

Ele seguiu os amigos até o quintal e pegou a bicicleta.

— Quem chegar por último é mulher do padre! — gritou Kyle, como sempre.

E assim eles partiram. Propositalmente, Chris não pedalou tão rápido quanto os amigos; achou que seria melhor eles vencerem. Muitas conquistas o esperavam no futuro, então podia muito bem deixar os dois vencerem a corrida para terem uma sensação de realização. Logo ficariam para trás em outros aspectos.

Josh ganhou. Não que importasse.

Quando chegaram na sorveteria, os três pediram as casquinhas mistas de sempre e se sentaram em uma das mesas de madeira. O sorvete era bom, mas Chris sempre pensava nos quitutes melhores que provaria no futuro depois que alcançasse o status social que tanto desejava. Uma vez lá, comeria sobremesas luxuosas que até então só tinha visto nos livros ou na televisão: crepe suzette, bolo vulcão de chocolate, crème brûlée.

— Faz tempo que não vejo você on-line, Chris — comentou Kyle.

Na escola fundamental, eles tinham o costume de "se encontrar" remotamente para jogar *Night Quest*, um jogo multiplayer famoso.

— Pois é, acho que ando ocupado com coisas mais importantes ultimamente — falou Chris, lambendo a casquinha.

— Por quê? Rolou alguma coisa? — perguntou Josh. — Não tem ninguém na sua família doente ou coisa assim, né?

— Não, nada disso — respondeu Chris. — Só ando pensando no futuro, sabe?

— No futuro, tipo, na dominação do mundo pelos robôs e nos carros voadores? — quis saber Josh, sorrindo.

Os amigos eram tão incapazes de levar algo a sério que dava até raiva.

— Não — rebateu Chris. — Tipo meu futuro. Meus objetivos. Meus planos de vida.

— Essas são coisas meio pesadinhas para se pensar durante as férias, não? — comentou Kyle. — No começo do verão, tiro meu cérebro, guardo num pote na prateleira e só pego outra vez quando voltam as aulas.

Josh riu.

— Ah, então é isso que você vai fazer quando chegar em casa? Colocar seu cérebro de volta na cachola?

— Que nada, acho que vou esperar até amanhã de manhã. Não tem por que começar a raciocinar mais cedo do que o necessário.

Josh e Kyle começaram a rir, mas Chris não conseguiu nem esboçar um sorriso. Como tinha acabado amigo daqueles fracassados? Talvez porque Josh era seu vizinho e Kyle morava do outro lado da rua. Os três haviam se conhecido porque tinham a mesma idade e viviam perto. Se Chris tivesse crescido numa vizinhança mais legal, teria acabado amigo de gente de classe superior.

Depois de terminarem o sorvete, foram de bicicleta até o lago.

O que chamavam de lago na verdade não passava de uma poça grande. Uma vez lá, fizeram o de sempre: procuraram por pedras lisas que pudessem fazer quicar na superfície da água. Tentaram se aproximar de alguns gansos, depois riram quando as aves grasnaram. Conversaram sobre videogame, memes da internet e nada em particular.

Olhando para o "lago" que na verdade era uma poça, Chris pensou na palavra "estagnado". Aquela poça não ia a lugar nenhum. Não era um rio, sequer um riacho fluindo para algum outro ponto, se tornando algo maior. Era só um monte de água parada, cheia de algas e bactérias nojentas, sem ir a lugar algum, ou se transformar em outra coisa.

Ao contrário da poça, ao contrário de Josh e Kyle, Chris não tinha intenção de estagnar. Queria chegar muito longe.

Chris acordou cedo no primeiro dia de aula. Tomou banho, escovou bem os dentes e caprichou no desodorante. Passou um pouquinho de gel no cabelo castanho, cortado bem rente, para garantir que não ficaria todo arrepiado. Vestiu uma camisa polo e a calça cáqui separadas na noite anterior. Desejou de novo que fossem de uma marca melhor, mas ao menos eram novas e estavam limpas.

— Olha só meu garotão indo para o ensino médio! — disse a mãe, entrando na cozinha e o puxando para um abraço.

— Mãe, para com isso… — resmungou o garoto, se desvencilhando dela antes de se sentar à mesa.

Serviu uma tigela de cereal e começou a cortar uma banana por cima.

A mãe se acomodou de frente para o filho, com uma xícara de café. Já havia arrumado o cabelo e feito a maquiagem para o trabalho. Como sempre, era tudo muito exagerado para o gosto de Chris. O cabelo estava tingido de um tom avermelhado nada natural, e ela vestia blusa com estampa de oncinha, legging preta e sapatos com estampa de leopardo. O garoto queria que a mãe transmitisse uma elegância simples em vez de um glamour barato.

— Sei que está mais do que cansado de me ouvir falar como você cresceu — comentou a mulher. — Mas vai ser pai um dia, e aí vai entender. A gente começa com um bebezinho minúsculo com dedinhos do tamanho de uma ervilha, e do nada nosso filhote já está mais alto do que a gente!

Chris continuou calado, comendo o cereal. O que poderia responder? Ele tinha crescido, claro; era o que crianças faziam. Não era uma grande conquista nem nada.

— Enfim, estou morrendo de orgulho de você — continuou a mãe. — E da sua irmã também. Ela ainda é uma menininha, mas você precisava só ver a Emma hoje cedo. Ela se aprontou sozinha e foi a pé até o ponto de ônibus, toda independente

— completou, com um sorriso manchado de batom. — Olha, eu só entro no trabalho às nove hoje. Quer uma carona no seu primeiro dia?

Chris quase se engasgou com o cereal. Não queria que o pessoal do Clube de Ciências da escola nova visse sua mãe, toda cafona, encostando na calçada com aquela lata-velha que roncava e chiava feito um bisavô. Que impressão aquele tipo de coisa passaria?

— Não, mãe, valeu. Vou pegar o ônibus mesmo.

— Não falei? Olha você todo independente também…

Ela estendeu a mão e bagunçou o cabelo de Chris.

Lá ia ele ter que se pentear de novo.

Josh e Kyle estavam sentados lado a lado no ônibus escolar. Quando Chris embarcou, Josh o chamou de longe.

— Ei, Chris! Hora de voltar para a prisão, hein?

O garoto o ignorou. Havia um banco vazio na fileira diante de Josh e Kyle, mas ele disfarçou e continuou seguindo até o fundo do ônibus. Era melhor ser visto sozinho do que mal-acompanhado. Ele olhou ao redor, tentando descobrir se alguém ali parecia ser membro do Clube de Ciências.

O Colégio de West Valley era bem maior e tinha muito mais alunos do que a escola onde Chris havia cursado o fundamental. Nos corredores, ele precisava se concentrar para não trombar com as pessoas ou ser atropelado. Era difícil focar em avançar enquanto seu cérebro era consumido pelo pensamento: "Já, já tenho aula com o sr. Little. Já, já tenho aula com o sr. Little."

Depois do que pareceu uma eternidade e meia, a terceira aula chegou. Chris e os colegas se espremeram na sala no fim do corredor, admirados com as maravilhas bizarras do espaço do professor. Chris se acomodou numa carteira e olhou ao redor. As paredes estavam lotadas de pôsteres, alguns descrevendo o método científico ou mostrando estruturas celulares enquanto outros exibiam piadinhas e trocadilhos. Um deles dizia NA CIÊNCIA, TODA MASSA É MASSA, enquanto outro exibia a frase PENSE COMO UM PRÓTON: SEMPRE POSITIVO. As prateleiras estavam repletas de mais curiosidades científicas do que Chris era capaz de assimilar. A mais próxima expunha uma série de potes de vidro cheios de fluidos transparentes e diferentes espécimes biológicos. Um mostrava o coração de alguma pobre criatura; outro abrigava o feto de um porquinho com duas cabeças perfeitamente formadas. Um terceiro continha algo perturbadoramente parecido com um cérebro humano.

O professor estava parado diante da bancada de laboratório na ponta da sala. Vestia jaleco branco por cima da camisa social e uma gravata extremamente colorida com estampa de pequenas hélices de DNA. Era um homem pequeno e enérgico (o que parecia coerente com seu sobrenome, que significava "pequeno" em inglês) e sorria como o mestre de cerimônias de um espetáculo particularmente empolgante. Usava óculos de segurança por cima dos comuns, o que fazia seus olhos parecerem imensos como os de um inseto.

— Podem entrar e se acomodar. Não sejam tímidos — disse ele, enquanto os alunos preenchiam a sala. — Prometo que não vai haver grandes explosões ou desmembramentos. Pelo menos não no primeiro dia.

O professor abriu um sorriso divertido.

Chris não sabia o que aprenderia na aula, mas já tinha certeza de uma coisa: nunca havia conhecido um professor como ele.

— Certo, então vamos começar — continuou o homem, embora o burburinho entre os alunos ainda não tivesse morrido.

Chris esperava que o professor fosse erguer a voz, pegar o diário de classe e começar a fazer a chamada. Em vez disso, porém, ele simplesmente colocou algumas gotas de uma solução translúcida num béquer de vidro que pousou sobre o bico de Bunsen. Em segundos, surgiu uma bola de fogo imensa, as chamas chegando a centímetros do teto antes de sumir num instante.

Todos na sala ficaram boquiabertos.

— Sabia que isso ia chamar a atenção de vocês — falou o sr. Little, sorrindo. — Mas prometo que é só o começo!

Ele olhou ao redor.

— Isso é ciência! E não é para os covardes ou fracos. Não tem a ver com ler livros e responder a perguntas corretamente. Tem a ver com pensar de forma inovadora, colocar a mão na massa. Tem a ver com experimentar, em todos os sentidos da palavra. Às vezes vai dar certo, às vezes vai dar errado. De um jeito ou de outro, porém, vamos aprender. Na minha aula, eu talvez peça que vocês façam coisas aparentemente meio malucas, mas prometo que, se confiarem em mim e seguirem meus conselhos, no fim do semestre vão estar pensando, falando, andando e grasnando como cientistas.

Olhou de novo ao redor.

— E aí, quem quer aprender umas coisas bem interessantes?

Todos aplaudiram, gritaram e assoviaram. Chris já se sentia parte de um clube exclusivo.

— Agora, antes da parte divertida, a gente precisa passar por uns assuntos mais burocráticos — retomou o professor. — O primeiro é o contrato de segurança, que vocês e seus pais precisam assinar. Ele diz que não vão explodir a escola ou os colegas de propósito.

— Ah, mas aí não tem graça! — exclamou alguém na fileira da frente, e todos riram.

— Claro, é tudo muito divertido até precisar limpar as vísceras de alguém das paredes — brincou o sr. Little. — Odeio quando os alunos deixam tudo sujo.

Mais risadas.

O garoto sentado na frente de Chris ergueu a mão.

— O senhor vai falar sobre a experiência imersiva?

— Vou — respondeu o professor. — Aqui mesmo nesta sala, depois da última aula do dia, vamos fazer uma reunião para todo mundo que estiver interessado em participar neste fim de semana. Sugiro fortemente que todos venham, tanto pelas notas — ele mexeu a boca para murmurar exageradamente as palavras "créditos extra" — quanto pela ciência em si!

Depois que a turma foi dispensada, o garoto diante de Chris se virou para trás.

— Nunca vi você por aqui. É aluno do primeiro ano?

Os olhos castanhos dele eram intensos e inteligentes.

— Isso — falou Chris. — E você?

— Estou no segundo — respondeu o garoto. — Meu nome é Sanjeet Patel, mas todo mundo me chama de San.

— Prazer, Chris Watson.

Além de inteligência, San também irradiava confiança. De repente, Chris desejou desesperadamente que o menino gostasse dele.

— Você se inscreveu no Clube de Ciências? — quis saber San enquanto guardavam as coisas na mochila.

— Com certeza. Só penso nisso desde que fiquei sabendo que ia estudar na West Valley.

San sorriu.

— Depois que você for aceito, vai continuar só pensando nisso. Seu intervalo é agora também?

Chris assentiu, torcendo para ser convidado para almoçar com o colega. A conversa parecia estar fluindo bem.

— Eu e uma galera do clube também temos intervalo agora. Por que você não fica com a gente para o pessoal te conhecer melhor?

— Eu adoraria. Valeu.

Chris ficou feliz por ser incluído, mesmo que fosse de forma temporária.

No refeitório, ele se sentou com San e outros dois alunos — um ruivo alto e magrelo que se apresentou como Malcolm, e Brooke, uma menina pequena de pele negra e cachos pequenos e castanho-escuros.

— O Chris está junto comigo na turma do sr. Little — explicou San enquanto se acomodavam para almoçar.

Chris era o único comendo a refeição barata oferecida pelo refeitório. Os outros haviam levado frutas frescas, legumes crus e sanduíches de pão integral. O garoto decidiu pedir para a mãe começar a preparar o almoço para ele. Também precisaria ser específico quanto a quais alimentos ela deveria comprar. Não podia deixar que aquele pessoal o visse comendo pão branco e molenga com manteiga de amendoim e geleia.

— Bom, então você deve ser inteligente — comentou Malcolm, olhando Chris de cima a baixo. — O sr. Little não deixa qualquer calouro entrar na turma de nível avançado.

Brooke sorriu.

—Verdade. Os calouros que não atendem aos pré-requisitos precisam fazer ciências da terra, com a sra. Harris.

— Pois é! — exclamou Chris.

Josh e Kyle, por exemplo, estavam na turma dessa professora.

—Ah, qual é, gente… Eles fazem vários experimentos desafiadores — zombou Malcolm. — Tipo misturar vinagre e bicarbonato de sódio para fazer um vulcão.

A voz dele exalava sarcasmo.

—Você é terrível — disse Brooke, mas todos riram.

— Eles também pegam folhas caídas e colam em cartolinas — acrescentou Malcolm. — Se bem que isso já é difícil demais para a maioria dos alunos.

Chris riu mais um pouco ao lado dos seus — esperava ele — futuros novos amigos.

San mal conseguia se conter.

— E o projeto final da turma — começou, rindo tanto que quase não conseguia falar — é tentar encontrar o refeitório da escola.

— A maioria nem consegue, é claro — acrescentou Malcolm, irônico.

Chris não conseguia se lembrar da última vez que havia rido tanto. Claro, se sentiu meio mal por tirar sarro de Josh e Kyle por tabela, já que também eram alunos da sra. Harris. Os dois tinham sido seus amigos desde que os três mal sabiam andar e falar.

Mas ele tinha consciência de que, se quisesse alcançar seus objetivos, não podia ser todo sentimental daquele jeito. Era hora de arranjar amigos melhores.

Assim que o sinal da última aula bateu, Chris saiu correndo para a sala do sr. Little. Não via a hora de descobrir mais sobre a experiência imersiva. Outros alunos deviam estar se sentindo do mesmo jeito: quando o garoto chegou, o cômodo estava quase abarrotado, e o burburinho se espalhava pelo ar. Ele achou um lugar vazio perto de San.

— Estou doido para saber o que o sr. Little preparou para este ano — disse San para Chris.

O garoto sorriu.

— Não faço ideia do que é, mas espero que seja legal.

— Ah, com certeza vai ser — respondeu San, como se a frase de Chris implicasse algum tipo de dúvida quanto às habilidades do professor. — Não dá para entender até participar. Vai mudar sua vida.

Chris assentiu. Achava mesmo que não entendia, mas estava ansioso para descobrir como era. E era exatamente de uma experiência assim, capaz de mudar vidas, de que ele precisava.

— Ei — chamou San. — Malcolm, Brooke e eu temos um grupo de estudos. A gente se encontra no Café Grão Fino toda quarta, depois da escola. Quer ir com a gente?

— Tem certeza? O Malcolm e a Brooke estão de boa de eu participar? — perguntou Chris.

Não queria forçar a barra, como se estivesse tentando se intrometer no grupo de amigos.

— Estão, sim, eles que sugeriram — falou San. — O pessoal curtiu você.

Chris sorriu. Já conseguia sentir sua vida mudando.

A sala caiu em silêncio quando o professor entrou. Ele avançou por entre duas fileiras de carteiras como uma celebridade desfilando pelo tapete vermelho.

— Saudações, minhas cobaiazinhas! — disse, parando diante da sala. — Estão prontos para descobrir que tipo de experiência planejei para o fim de semana?

Os alunos aplaudiram e assoviaram. Chris não estava acostumado a ver aquele tipo de demonstração de entusiasmo em sala de aula; era uma mudança bem-vinda.

— Antes de mais nada, ciência exige sacrifício — começou o sr. Little, andando de um lado para o outro. — Se não estiverem dispostos a se sacrificar, a entregar parte de si em nome da ciência, melhor nem dar as caras na sexta, porque a experiência imersiva não é para vocês. Fiquem em casa e façam seja lá o que for no seu celularzinho, ou vão praticar algum esporte, sei lá. Só venham se estiverem dispostos a fazer um sacrifício e passar por uma transformação.

Transformação. Chris sentia que aquela era a palavra que estava procurando para descrever o que mais desejava. Ele queria transformar sua vida — transformar ele mesmo — em algo diferente, melhor e mais digno.

— No passado, algumas das nossas experiências imersivas do Clube de Ciências foram atividades em grupo. Neste ano, vai ser algo individual. Na verdade, cada um vai ter um espaço isolado dos outros alunos e de mim. Todos vão receber um Kit do Cientista Maluco do Freddy Fazbear. Nesse kit, vão encontrar uma solução chamada Faz-Gosma.Vão colocar a quantidade indicada de Faz-Gosma na placa de Petri disponibilizada.

Ele sorriu.

— Depois vem a parte do sacrifício. Com o alicate que vou entregar a vocês, vão arrancar um dos seus dentes.

Os alunos arquejaram. Chris se pegou ofegante de surpresa também. *Um dente?* Ele devia ter ouvido errado.

— Calma, sr. Little… Pode repetir a última parte? — pediu um aluno, a voz trêmula de nervoso.

— Um dente! — gritou o professor. — Vocês vão arrancar um dos seus dentes! Talvez doa um pouquinho, mas confiem em mim… Vai valer a pena no final. Vocês são cientistas ou um bando de crianças choronas?

— Cientistas! — exclamaram quase todos os presentes.

— Ótimo.

O professor continuou andando de um lado para o outro.

— Então, como falei, vocês vão arrancar um dos seus dentes e depois colocar dentro da Faz-Gosma. Em seguida, vão fazer aquilo a que os cientistas dedicam boa parte do tempo: esperar. Cada um vai ter um colchonete, onde vão poder dormir enquanto o processo se desenrola.

— E que processo é esse? — perguntou outro aluno.

— Ué, qual seria a diversão se eu contasse? Só digo que envolve descoberta!

Os olhos do sr. Little estavam arregalados de empolgação.

—Vocês vão saber quando terminarem, porque os resultados vão falar por si. Literalmente. Depois, vão jogar sua criação num saco de lixo infectante e dar no pé, já como uma pessoa diferente. E não só dental como mentalmente!

Ele riu da própria piada, acompanhado por vários alunos.

— Há boatos de que não participar das experiências imersivas prejudica seu desempenho na minha matéria — continuou o professor. — Não é exatamente verdade. Quem não participar e ainda assim cumprir todos os requisitos da matéria vai passar, e provável que seja com uma nota acima da média. Mas, ao longo dos anos, descobri que os participantes da experiência demonstram um nível de comprometimento que permite que eles não só passem como também *arrasem*. E ajuda o fato de a atividade valer quinhentos pontos de créditos extra.

Ele pegou uma pilha de papéis da escrivaninha.

— Agora, para aqueles dispostos a encarar o desafio, vou distribuir a autorização que seus pais precisam assinar para que vocês participem da experiência imersiva. Mas, por favor, não comentem nada sobre a extração do dente. Não quero que ninguém me mande a conta do dentista. Além disso, como uma comunidade de cientistas, precisamos manter nossos segredos.

Chris estava assustado, mas também empolgado. Não ia permitir que o medo o detivesse. Não tinha como se transformar se continuasse na zona de conforto. Era preciso assumir riscos, tentar coisas novas.

Quando o professor lhe estendeu uma autorização, o garoto aceitou de bom grado.

Chris só temia uma parte da experiência imersiva. Quanto mais pensava nela, mais tenso ficava com a ideia de arrancar o próprio dente. Coisas odontológicas sempre o deixavam meio nervoso. Quando era pequeno e ficava com o dente de leite mole, procrastinava o momento de arrancar até que o dente estivesse quase caindo sozinho. Às vezes, quando tinha sorte, era o que acontecia. Tinha perdido um ao morder uma maçã uma vez, e outro numa espiga de milho. Numa outra ocasião, depois de adiar a questão por semanas, o pai tinha pedido para ver o dente mole e o arrancado com um puxão sem avisar. Chris havia passado dias bravo com ele.

Isso sem falar nas idas ao dentista. Mesmo quando era dia de limpeza, Chris passava semanas consumido pela ansiedade. A mãe sempre lhe dizia que odiava ir ao dentista com ele porque precisava aguentar as reclamações antes, durante e depois da consulta.

Chris passou a noite acordado pensando naquilo. A experiência imersiva seria dali a duas noites. Se ele pudesse descobrir um jeito de participar da atividade sem precisar arrancar o próprio dente…

— Chris! Seus amigos estão aqui! — avisou a mãe.

De novo?, pensou o garoto. Aquilo mostrava como Josh e Kyle não levavam a sério os estudos, querendo ficar de bobeira numa noite de dia de semana.

— Fala que estou fazendo lição de casa! — berrou Chris.

— Vem falar você! — gritou a mãe de volta.

Ele revirou os olhos, mas se levantou da cama e foi até a porta da frente encontrar os amigos.

— E aí? — cumprimentou. — Não posso sair hoje, tenho um montão de tarefa para fazer.

— A gente só passou aqui rapidinho para dizer que a mãe do Kyle vai levar todo mundo para o shopping na sexta — falou

Josh. — Vamos comer algo na praça de alimentação e assistir ao filme novo dos *Vingativos*. A gente achou que você talvez quisesse ir junto.

Era gentil da parte deles perguntar, mas de repente aquelas atividades já pareciam muito infantis.

— Valeu, pessoal. Eu adoraria, mas vou participar da experiência imersiva do Clube de Ciências. Começa na sexta à noite.

— Ah, você vai participar desse treco? — perguntou Kyle, incrédulo. — Parece meio triste passar o fim de semana na escola.

— Bom, eu acho empolgante — retrucou Chris, e os outros dois se entreolharam.

— Só não se joga tão de cabeça nessa coisa de Clube de Ciências, beleza? — aconselhou Josh. — Algumas pessoas na turma da sra. Harris estavam falando sobre isso ontem. Dizem que é tudo meio esquisito, tipo um culto.

Chris se sentiu ofendido, não deu para evitar. Josh e Kyle podiam não ser do tipo de aluno que entrava no Clube de Ciências, mas deviam ao menos ter um pouco de respeito.

— Bom, o pessoal do clube também fala sobre os alunos da turma da sra. Harris — rebateu Chris.

— Eu sei — respondeu Kyle. — Dizem que a gente é um bando de burro.

— Porque são uns esnobes — acrescentou Josh.

Kyle olhou para Chris de canto de olho.

—Você não está virando esnobe, né, Chris?

— Não, claro que não — negou o garoto.

Odiava aquela palavra, "esnobe". Era o que gente que não chegava muito longe falava sobre quem se esforçava, só para se sentir um pouco melhor. Bom, ele se recusaria a morder a isca.

— Você acha que eu e o Josh somos burros? — perguntou Kyle. — Já fazem muitos anos que a gente se conhece, você deve saber.

Chris se encolheu um pouco. *O certo é "Já faz muitos anos"*, pensou. *E vocês não são burros, só não têm maturidade e ambição o bastante.* Mas o garoto sabia que seria uma péssima ideia dizer aquelas coisas em voz alta, então só respondeu:

— Não, claro que não. Escuta, pessoal, preciso voltar para minha lição de casa. Que tal a gente combinar alguma coisa na próxima sexta?

Eles responderam com "Claro" e "Beleza", mas Chris podia sentir a distância entre ele e os antigos amigos ficando maior. Era uma transição dolorosa, mas provavelmente seria melhor assim.

— Falou então, pessoal — despediu-se Chris, fechando a porta.

Na sala de estar, a mãe dele estava debruçada sobre Emma no sofá.

— Conta até três antes de puxar, tá? — pediu a garotinha.

—Antes de puxar o quê? — perguntou Chris.

A mãe olhou para ele.

— O dente da sua irmã está mole. Vou arrancar para ela.

Chris sentiu o estômago embrulhar.

— Eca, não faz isso enquanto eu estiver aqui! Você sabe que morro de nojo dessas coisas.

Por que a família gostava de fazer aquele tipo de coisa nojenta no meio da sala de estar em vez de ir para algum lugar reservado? Era só um sinal de como eram pouco refinados.

A mãe riu.

— Espera só você ser pai. Não vai sentir nojo de nada.

Chris balançou a cabeça.

— Não quero saber. Se eu tiver um filho, ele com certeza vai arrancar os próprios dentes moles.

O garoto voltou para o quarto.

Assim que ficou sozinho, seus pensamentos se voltaram para o retiro do Clube de Ciências. A ideia o atingiu como um raio.

Um dente mole. Claro! Aquela era a resposta.

Chris já tinha passado pelo Café Grão Fino mil vezes, mas nunca havia entrado. Por alguma razão, não achava que o lugar era para ele. Era sofisticado e adulto demais, cheio de pessoas com roupas sociais munidas de notebooks e copos de café.

Naquele dia, porém, seria diferente. Ele iria entrar lá.

Empurrou a porta e foi imediatamente recebido pelo cheiro de café preto e torrado. Pinturas de artistas locais enfeitavam as paredes de tijolinho. Chris tentou se convencer a manter a calma, pois dali em diante aquele era o tipo de lugar que frequentaria.

— Ei, Chris!

San acenou de onde ele, Malcolm e Brooke estavam, numa mesa cheia de livros didáticos, cadernos e copos de café.

— Pega uma bebida e chega mais!

— Beleza, já vou! — respondeu Chris.

Analisou o cardápio na parede atrás do balcão. Era mais confuso do que qualquer matéria da escola. Havia mochas, frapês, cappuccinos e lattes. Curtos, longos, descafeinados e pingados. Chris só tinha dado um gole ou outro em café até então, e não tinha ideia do que aquelas palavras significavam.

— Posso ajudar? — perguntou a moça bonita no balcão.

— Claro… É que eu não sou muito experiente nessa coisa de beber café, então não sei exatamente o que quero.

Ela sorriu.

— E se eu preparar algo que acho que você vai curtir?

Chris ficou aliviado por se livrar da responsabilidade de escolher algo.

— Pode ser.

—Você gosta de chocolate?

— Claro, não sou bobo…

Quem era idiota de não gostar de chocolate?, pensou Chris.

Ela sorriu de novo.

— Então vamos tentar um mocha gelado. É só aguardar uns minutinhos.

A atendente se virou de costas para ele e despejou uma série de xaropes diferentes num liquidificador. Chris não sabia se parecia mais química ou feitiçaria. Pouco depois, ela retornou com um copo de plástico transparente imenso, cheio do que lembrava leite achocolatado bem forte coberto por chantilly e raspinhas de chocolate. Parecia o milk-shake mais caro do mundo.

O preço cobrado foi dois dólares a mais do que o esperado, e Chris torceu para que os amigos não o vissem tendo que revirar os bolsos e a mochila atrás de uns trocados.

Já com a bebida cara, o garoto se juntou a San, Malcolm e Brooke na mesa onde estavam. Todos tomavam café quente de copinhos de papel; comparada às bebidas dos outros, a dele, com cara de milk-shake, parecia infantil — mas era deliciosa, isso não tinha como negar.

— Então, acho que a gente vai para a França agora nas férias do fim do ano… *de novo* — dizia Malcolm. — Eu queria mesmo era ir para a Itália, mas minha mãe não perde uma oportunidade de fazer compras em Paris. Vai ser um tédio só.

— Minha família deve fazer um cruzeiro pelo Caribe este ano. Acho que vai ser irado — contou San, depois se virou para Chris. — A gente estava aqui falando sobre férias em família e como nunca pedem nossa opinião sobre o destino.

— É, sei como é — falou Chris.

Torcia para que ninguém perguntasse sobre as viagens dele. As férias da família do garoto eram sempre iguais: no verão, os pais tiravam uma semana de folga e alugavam um chalé num parque estadual que ficava a umas duas horas de carro da cidade. Passavam a semana pescando, nadando, fazendo trilhas e cozinhando. Era sempre abafado e cheio de insetos. A família se divertia na maior parte do tempo, mas Chris sabia que era um programa de gente pobre.

— Uau, isso aí parece uma delícia — comentou Brooke, apontando para a bebida do garoto. — É um mocha?

— Isso — respondeu Chris.

Precisaria estudar o dialeto dos bebedores de café.

Os pais dele eram viciados, mas só tomavam o café em pó do mercado e passado em casa.

— O meu também — falou ela. — Só que é quente em vez de gelado.

Chris se sentiu menos preocupado com a própria bebida. *Você precisa relaxar na presença dos seus novos amigos*, disse a si mesmo. Eles o tinham convidado. Queriam sua presença ali. Era hora de começar a agir como se pertencesse aos lugares.

— E aí, como acham que vai ser a experiência imersiva do fim de semana? — perguntou San, olhando para os amigos.

— Bom, está na cara que vamos cultivar algum tipo de tecido — teorizou Malcolm, bebericando o café. — Só não sei o que o tal tecido vai fazer.

— Alguma coisa, com certeza — acrescentou Brooke. — Com sorte, ninguém vai parar no pronto-socorro, como no ano passado.

Chris quase se engasgou com o café.

— Espera, como assim?

Brooke riu.

— Um garoto não seguiu as instruções direito e quase perdeu os dedos, rolou até enxerto. Mas foi culpa dele. O cara acabou transferido para a turma de ciência da sra. Harris, onde tem menos chance de acabar mutilado.

— Os experimentos são sempre perfeitamente seguros se a pessoa sabe o que está fazendo, mas o menino com certeza não sabia — assegurou Malcolm. — Falando nisso, se a gente quiser mesmo chamar isto de grupo de estudos, é melhor começar a estudar.

Chris geralmente já estava em casa quando a mãe voltava do trabalho, mas naquele dia ela foi mais rápida.

— Ah, você chegou — disse a mãe, assim que ele entrou. — Assinei sua autorização para o negócio lá da escola. Fiquei preocupada ao não te encontrar em casa. Estava quase ligando para conferir se estava tudo bem.

Ela descansava no sofá com um copo de chá gelado, os pés descalços sobre a mesinha de centro. Nem se mexeu direito, só estendeu o papel na direção do filho.

— Fui estudar com uns amigos depois da aula — explicou Chris, guardando a autorização.

A mãe riu.

— Se qualquer outro adolescente tivesse me dito isso, eu acharia que estava mentindo para poder aprontar depois da aula. Mas em você eu acredito.

— Eu sei que sou nerd — disse Chris, se sentando ao lado da mãe no sofá.

— Sim, e eu tenho *orgulho* disso — respondeu ela, sorrindo.

— Estava pensando: será que teria como aumentarem um pouquinho minha mesada? — perguntou o garoto.

A mãe tirou os pés de cima da mesinha e endireitou as costas.

— Um aumento de quanto?

Chris tentou calcular um valor que não fosse absurdamente alto, mas que ainda assim cobrisse o preço dos cafés caros dos encontros do grupo de estudos.

— Uns dez dólares por semana?

A mãe franziu a sobrancelha, soltando um assovio teatral.

— E o que você faria com esse dinheiro extra?

— É por causa do grupo de estudos, na verdade. A gente se encontra lá na Grão Fino, no centro, e preciso de dinheiro para comprar café.

— Já viciou nessa porcaria, é? — questionou a mãe, balançando a cabeça. — Escuta, esses cafés cheios de fru-fru são uma máquina de torrar dinheiro. Uma moça do trabalho costumava comprar um por dia. Quando parou, ficou chocada com a quantidade de dinheiro que passou a economizar.

O fato de ela ter começado com um sermão não era um bom sinal.

— Por que vocês não estudam na biblioteca? — continuou a mãe. — É de graça.

Chris foi tomado por uma onda de irritação.

— Mãe, eu não fundei o grupo de estudos, só me juntei a ele.

— Bom, então talvez seja uma boa ideia sugerir que os encontros sejam na biblioteca. Tenho certeza de que ia fazer todo mundo economizar uma boa grana.

O menino revirou os olhos.

— Se eu fizer isso, vão pensar que sou pobre. O que sou, na real, comparado a eles.

A mãe suspirou.

— Se eles forem mesmo seus amigos, não vão ligar para quanto dinheiro você tem. Você também não devia se importar com essas coisas.

— Mãe, não é assim que o mundo funciona — rebateu Chris, à beira de um ataque de nervos.

Ela deu outro suspiro.

— Sei que não, mas quem dera fosse assim.

Depois olhou para Chris com um sorriso triste estampado no rosto.

— Certo, vou te dar mais *cinco* dólares por semana, mas só. Fico feliz de saber que seus novos amigos levam a escola a sério. É bom você estudar bastante para ficar rico e me sustentar quando eu for velhinha.

— Valeu, mãe — agradeceu Chris.

Dessa vez, não se importou com o abraço que ela lhe deu.

· · ·

Chris quase saltitava de empolgação enquanto seguia até a sala do sr. Little depois das aulas de sexta-feira. Sabia que a experiência imersiva seria transformadora, provavelmente o evento mais importante da sua vida até então. Esperava completar o experimento e conseguir a aprovação do professor, assim como a dos outros membros do Clube de Ciências.

E o garoto não era o único empolgado. Quando entrou na sala, conseguiu sentir a energia. O ar parecia elétrico. Todos conversavam e riam. Havia algumas pessoas de pé, andando de um lado para o outro em vez de sentadas nas carteiras, inquietas demais para se acomodar. Chris foi até o lugar vago próximo de San.

O amigo se virou e sorriu.

— Sua primeira experiência imersiva… Você deve estar bem empolgado, né?

— Estou mesmo — respondeu Chris, sorrindo.

— Eu também — falou San. — Mas você deve estar mais ainda, já que é sua primeira vez. Depois desta noite, você vai ser um membro oficial do Clube de Ciências!

— Quero todo mundo prestando atenção em mim. Boca fechada — exigiu o sr. Little, na frente da sala. — Sei que vocês estão empolgados… Caramba, eu também estou! Mas vão precisar seguir algumas instruções ao pé da letra, ou o experimento não vai funcionar.

Ele empurrou os óculos pela ponte do nariz.

— Também tomei a liberdade de pedir umas pizzas, que devem chegar daqui a pouco.

Os alunos comemoraram.

— Vai ser uma longa noite, e ninguém deve conduzir pesquisas científicas de barriga vazia. Mas enquanto a gente espera a comida, vou explicar com mais cuidado o que vamos fazer hoje. Como podem ver, separei cubículos individuais para cada um de vocês no laboratório. Dentro deles, há uma mesa longa e um colchonete para tirar uns cochilos. Em cima da mesa, vão encontrar um Kit do Cientista Maluco do Freddy Fazbear.

Alguns soltaram risadinhas, e um garoto perguntou:

— Mas isso não é um brinquedo?

— *Definitivamente* não é um brinquedo — respondeu o professor, a voz voltando a ficar séria de repente. — E quem quiser tratar o kit assim vai estar por sua conta e risco.

O sr. Little ergueu o conjunto de apetrechos e o abriu para que todos vissem.

— No kit, vão encontrar um frasco de Faz-Gosma e uma placa de Petri, assim.

Ele ergueu um potinho com uma meleca rosa e um prato pequeno.

— É para despejar toda a Faz-Gosma na placa. Depois, é hora do sacrifício.

— O dente — sussurrou Chris, numa voz não muito baixa.

— Sim, o dente! — exclamou o professor, sorrindo como um louco. — Vão usar o alicate — explicou, erguendo a ferramenta — para extrair um dente à sua escolha. Recomendo que seja algum dos do fundo, assim não vão ter problema de encavalamento quando seus sisos nascerem.

Chris ouviu alguém ofegar atrás dele. De repente, sentiu o estômago embrulhado com a perspectiva de realizar aquele processo de extração. Felizmente, tinha pensado numa alternativa.

— Se você não for capaz de lidar com essa parte do experimento, agora é a hora de ir embora.

O professor olhou para todos os presentes.

— É hora de separar os cientistas de verdade das crianças.

Chris também analisou o espaço. Alguns alunos pareciam assustados, mas ninguém se moveu.

— Ótimo — continuou o sr. Little, assentindo em aprovação. — Gosto dos meus estudantes comprometidos ao máximo. Depois que tiverem extraído o dente, ele vai direto para a placa de Petri cheia de Faz-Gosma. E aí…

Ele esfregou as mãos.

— Bom, é aí que as coisas começam a ficar interessantes. A Faz-Gosma não só vai manter o dente vivo… como também vai fazer com que ele acredite que ainda é parte de você.

— Dentes *acreditam* em algo? — duvidou Brooke.

— Bom, ele sabe quando ainda está dentro da boca — respondeu o professor. — A Faz-Gosma é muito poderosa. Quando algo a toca, cria um tentáculo, uma espécie de conexão, que lentamente extrai hemácias do seu corpo. Elas alimentam a Faz-Gosma e servem de combustível para o experimento. E a parte incrível é que, ao longo de várias horas, nutrido apenas por suas hemácias, o dente vai começar a criar gengivas e depois uma boca, que vai se abrir e dizer algo que, juro, não importa quanto tempo vivam, vocês jamais vão esquecer.

Chris olhou ao redor; seus colegas estavam todos com uma expressão de choque.

— Vai ser maravilhoso. Depois que a boca disser o que precisa que cada um de vocês saiba, ela vai morrer. Aí é só jogar os restos junto da Faz-Gosma no saco de lixo infectante. Assim que me trouxerem os sacos para que eu possa fazer o descarte adequado, estão livres para ir embora.

O homem olhou na direção da porta da sala e sorriu.

— Mas antes de mais nada, pizza!

Acenou para que o entregador entrasse.

— Vocês têm trinta minutos para comer, beber e socializar — avisou o professor. — Depois disso, é hora de colocar a mão na massa!

Chris pegou algumas fatias de pizza de muçarela e um copinho descartável cheio de refrigerante e se sentou com San, Brooke e Malcolm.

— Acho que é a última pizza que mastigo com meu segundo molar esquerdo — comentou Malcolm, soando mais animado do que assustado.

— Estou com um pouco de medo de que essa história toda atrapalhe meu tratamento ortodôntico — confessou Brooke, que usava aparelho fixo.

— É, acho que seu dentista vai ficar furioso — falou San. — E seus pais? Vão ficar também, quando descobrirem?

Brooke deu de ombros.

— Não se eu disser que foi uma tarefa do Clube de Ciências. Eles me deixariam serrar o braço fora se isso aumentasse minhas chances de entrar numa boa faculdade.

— Meus pais também — concordou Malcolm, e todos riram. — Se me garantisse uma vaga em alguma universidade de ponta, eles me deixariam serrar *os dois* braços fora.

— Minha mãe com certeza vai ficar muito brava — contou San.

Brooke riu.

— Nossa, vai mesmo, né? Eu tinha esquecido!

— Esquecido do quê? — perguntou Chris.

Brooke gargalhava, mas conseguiu dizer:

— A mãe do San é dentista!

— Falando nisso, Chris, acho que você nunca contou qual é a profissão dos seus pais — disse Malcolm, depois de mais risadas.

O garoto sentiu um calafrio de pânico na barriga. Não podia contar que a mãe era caixa e que o pai era mecânico.

— Hum… Minha mãe é engenheira elétrica, e meu pai é engenheiro mecânico.

— Uau, os dois engenheiros! — exclamou San. — Você deve ser muito bom em matemática.

O garoto assentiu. Aquela parte, ao menos, era verdade.

— Certo — retomou o sr. Little, enfim. — Hora de trabalhar, cientistas!

Chris ficou feliz de não ter que revelar para San, Malcolm e Brooke que iria realizar o experimento sem precisar arrancar o próprio dente. Ninguém podia saber que ele havia descoberto uma forma de burlar o sistema.

Ele entrou no próprio cubículo e encheu a placa de Petri com Faz-Gosma, como instruído. Depois de alguns minutos, começou a ouvir grunhidos e gemidos enquanto outros alunos por perto se esforçavam para arrancar os próprios dentes. Ouviu um grito vindo da divisória mais próxima, depois um som úmido e nojento de um dente se soltando da raiz.

Chris percebeu que, para ser realista, seria bom grunhir e gemer um pouco também. Ficou ali fingindo por alguns minutos — de um jeito muito crível, imaginava ele — antes de levar a mão ao bolso e tirar seu ás na manga.

Ao ver a mãe arrancando o dente da irmã no outro dia, o garoto havia se lembrado de que, quando era mais novo, negara dinheiro da Fada do Dente caso pudesse continuar com seus dentes de leite. Não sabia por que, uma vez que havia grana envolvida, uma atitude rara na família. Chris tinha sido uma criancinha esquisita, mas toda aquela esquisitice estava enfim rendendo frutos.

O garoto enfiou um dos antigos dentes de leite na Faz-Gosma. Quando encostou na substância, teve a sensação de sentir uma leve sucção na ponta dos dedos. Puxou a mão para longe, mas um pequeno tentáculo de gosma rosa já conectava seu indicador à placa de Petri com o dente. O tentáculo era puxento, como os fios de queijo numa fatia de pizza quente.

Já não havia nada que ele pudesse fazer além de esperar o dente sugar o que quer que fosse necessário. Por isso, o garoto se deitou no colchonete, tomando o cuidado de não desfazer o fio que conectava seu dedo à Faz-Gosma.

Chris fechou os olhos e se permitiu cochilar. Logo, estava sonhando com sucessos futuros. Viu a si mesmo como um personagem num filme, recebendo a notícia de que havia conseguido uma bolsa integral em alguma universidade de prestígio. Depois se viu fazendo pesquisas num laboratório universitário. O espaço era iluminado, limpo e cheio de equipamentos de ponta. Uma professora de aparência solene observava seu trabalho de perto, sorrindo. Chris se viu com o capelo e a beca preta, atravessando um palco. A professora da universidade lhe entregava seu diploma, e Chris sorria para a foto.

Quando ele abriu a boca, porém, logo percebeu que havia algo errado. Sangue escorria do lábio inferior, descendo pelo queixo. Sua boca era uma caverna preta emoldurada por uma massa de gengivas ensanguentadas.

Alguém havia arrancado todos os dentes de Chris.

Ele acordou num sobressalto. Ficou desorientado a princípio, tendo acordado num colchonete dentro de um cubículo; depois, viu o pequeno tentáculo ligando seu dedo à placa de Petri e se lembrou de onde estava, e por quê.

O garoto se sentou, ouvindo movimentos e sussurros vindos das outras baias. Será que vinham das bocas que o experimento supostamente criaria? Chris encostou a orelha na divisória, na esperança de compreender o que estava sendo dito, mas era impossível. De onde estava, os sussurros soavam como o farfalhar de árvores.

Depois, porém, ouviu a voz de uma aluna no espaço imediatamente ao lado do seu.

— Uau! — exclamou ela, a voz repleta de admiração. — Uau.

Em seguida, distinguiu o som que devia ser do saco de lixo infectante sendo aberto, seguido de passos. Chris empurrou a ponta de uma das divisórias do cubículo e, pela fresta, espiou quem estava indo embora.

Era Brooke. A expressão em seu rosto, porém, era muito diferente daquela geralmente inteligente e contida. Ela parecia mais serena. Estava com os olhos arregalados e repletos de admiração. A menina foi até o sr. Little e entregou a ele o saco plástico.

Depois pousou a mão no antebraço do professor e o encarou, olho no olho.

— Ela me explicou tudo — falou a garota.

O homem sorriu.

— Excelente. Ótimo trabalho, Brooke. Está dispensada.

Ela retribuiu o sorriso e seguiu na direção da porta.

Chris estava prestes a fechar a frestinha na divisória quando viu outro aluno, um rapaz alto de cabelo escuro que ele ainda não conhecia, surgir de um espaço do outro lado da classe. Assim como Brooke, estava com uma expressão de maravilhamento. Caminhou até o sr. Little e entregou o saco de lixo infectante.

— Ele me explicou tudo — contou o garoto, pousando a mão no ombro do professor.

O sr. Little sorriu e assentiu.

— Excelente. Ótimo trabalho, Jacob. Está dispensado.

— Obrigado mesmo — disse o aluno, como se tivesse acabado de receber um presente do professor.

Chris fechou a divisória. Claramente, o experimento estava começando a funcionar para alguns; no entanto, quando conferiu o progresso na própria placa de Petri, não viu nenhuma mudança significativa. Era só um dente de leite mergulhado em Faz-Gosma.

E se meu experimento não funcionar?, se perguntou Chris. *E se eu fracassar?*

Desde a época do ensino fundamental, quando tinha visitado a feira de ciências do ensino médio com a turma e visto os maravilhosos experimentos conduzidos pelos alunos do sr. Little, Chris sonhava em fazer parte do grupo. E se não pertencesse àquele lugar? E se não tivesse o conhecimento e a habilidade necessários? Vários dos alunos do Clube de Ciências eram filhos e filhas de cientistas, médicos, advogados ou professores universitários. Chris era filho de uma caixa e de um mecânico. Talvez não tivesse nascido para aquele ambiente intelectual.

De repente, Chris se sentiu drenado e esgotado. Talvez a Faz-Gosma estivesse sugando dele toda a energia necessária para fazer o experimento funcionar. Ou talvez fosse a sensação de estar perdendo as esperanças. Qualquer que fosse o caso, o garoto estava exausto. Voltou a se deitar no colchonete e caiu no sono imediatamente.

Acordou atordoado, com o rosto numa poça da própria saliva. A sala estava estranhamente silenciosa — não havia sussurros nem sons que sugeriam movimento. Ele se sentou e limpou a baba. O tentáculo no seu polegar o lembrou de conferir o progresso do experimento. Talvez estivesse enfim funcionando. Ele tentou reunir um pouco de esperança.

A meleca tinha escorrido para fora da placa de Petri. Não parecia com uma boca, nem com qualquer outra coisa discernível. Era uma bolota rosa, melequenta e desagradável, com mais ou menos o tamanho do punho de um bebê.

Mas já era alguma coisa. Chris só não sabia o quê.

Ao seu redor, a sala continuava em silêncio. Será que todo mundo tinha ido embora?

Depois de alguns segundos, ele ouviu farfalhares, passos e enfim uma voz dizendo "Ele me explicou tudo", seguido do sr. Little parabenizando e dispensando o aluno.

Chris suspirou, se sentou no colchonete e esperou. Ficou olhando a massa na placa de Petri; se estava havendo algum progresso ali, porém, era lento demais para ser notado a olho nu. Era como ver tinta secar ou grama crescer.

— Posso entrar? — perguntou alguém de fora do cubículo.

— Claro — falou o garoto.

O professor adentrou o espaço.

— E aí, Chris? Como as coisas estão indo?

— Hum… Não sei, na verdade. Só falta eu?

O sr. Little sorriu.

— Não, tem mais alguns aqui ainda. Estou só dando uma volta para conferir o progresso de todo mundo.

Ele apontou a mesa com a cabeça.

— Posso?

— Por favor.

Chris ficou nervoso com a ideia de o professor conferir seu projeto, que estava longe de ser finalizado.

O homem se aproximou da mesa e encarou a meleca, tombando a cabeça de lado de um jeito que fez Chris pensar em Bisteca.

— Hum — soltou o professor, se inclinando para observar a placa mais de perto. — Que interessante.

— Será que eu fiz alguma coisa errada? — questionou Chris.

Ele sabia exatamente onde havia errado, mas não ia admitir para o sr. Little. Devia ter seguido as instruções e arrancado o próprio dente ali mesmo, como os demais alunos. Havia pegado um atalho porque era covarde, e só lhe restava lidar com as consequências.

— Nesse experimento, é bem difícil fazer algo errado — explicou o professor, coçando o queixo. — Você colocou um dos seus dentes na meleca, não colocou?

— Sim, senhor — respondeu Chris, sem dizer qual era o dente ou quanto tempo fazia desde sua extração.

— Bom, às vezes na ciência a gente precisa admitir que não sabe por que as coisas estão acontecendo de uma determinada forma. Para mim, Chris, você tem duas escolhas. Pode encerrar o experimento por aqui e dizer que simplesmente não funcionou, por qualquer que seja a razão, depois jogar fora aquela porcaria ali, voltar para casa e jogar videogame, ou fazer seja lá o que você costuma fazer no tempo livre.

O homem sorriu.

— *Ou* pode reconhecer que algo interessante está acontecendo aqui, mesmo que não saiba exatamente o que é, e dar um pouco mais de tempo para ver no que vai dar.

Chris não tinha dúvida de qual decisão um cientista de verdade tomaria.

— Quero esperar mais um pouco, se não tiver problema.

O sr. Little sorriu e deu um tapinha nas costas do aluno.

— Claro que não tem problema! Pelo contrário, admiro sua paciência. É uma qualidade excelente para um cientista. A maioria das empreitadas científicas exige uma grande dose de paciência e determinação.

Ele olhou para a bolota melequenta.

— E, para ser honesto, estou feliz por você ter feito essa escolha, porque eu mesmo estou morrendo de curiosidade para ver no que isso vai dar.

Depois cumprimentou Chris levando dois dedos à testa.

— Passo aqui mais tarde para ver como você está, combinado?

— Combinado. Obrigado, professor.

Chris se sentiu aliviado. Tinha tomado a decisão correta e recebido a aprovação do sr. Little. Talvez ele pudesse ser um membro de verdade do Clube de Ciências, afinal de contas. Então se sentou para esperar, porque era aquilo que um cientista faria.

Depois de um tempo, começou a ouvir mais movimentos e farfalhares, seguidos de palavras similares proferidas por diferentes vozes:

— Ele me explicou tudo.

— Ela me explicou tudo.

— Ele me explicou tudo.

Todas as vezes, o professor permitia a saída do aluno.

E, depois, houve apenas silêncio.

Enfim, se sentindo a última pessoa no planeta Terra, Chris chamou o professor.

— Sr. Little?

— Pode falar, Chris.

— Só falta eu?

— Só.

O tom do homem era de satisfação.

— Mas sem problemas.

— Não é melhor eu desistir para o senhor poder ir para casa?

Chris se perguntou se o professor teria uma esposa e pequenos Littles o esperando em casa, sem saber por que a experiência imersiva estava demorando tanto.

O professor enfiou a cabeça dentro do cubículo.

— Claro que não! Não tenho nada para fazer depois daqui. Se você quiser esperar, eu também espero.

O homem sorriu e fez um joinha.

— Paciência e determinação.

Depois que o professor desapareceu de vista, Chris sentiu outra onda de exaustão. Esperando que a energia sugada dele estivesse sendo direcionada à bolota rosada, o garoto se deitou no colchonete e perdeu a consciência imediatamente.

Quando acordou, arquejou ao olhar para a mesa. A meleca tinha mais do que quintuplicado de tamanho, grande demais até para caber no saco de lixo infectante. Continuava grudenta e rosada, mas já não parecia inerte. Com a forma de um torso humano sem braços e pernas, pulsava com vida.

Chris ficou animado, mas também teve um pouco de medo enquanto se aproximava de sua criação. A forma como a coisa se expandia e se contraía passava a sensação de que algo saltaria lá de dentro, como ele tinha visto acontecer num filme de terror certa vez.

O menino parou diante da massa pulsante. A pele dela, se aquilo pudesse ser chamado assim, era de um rosa translúcido como uma bola de chiclete estourada. Embaixo ficava a fonte da pulsação, um aglomerado de estruturas semelhantes a sacos que latejavam num ritmo estranhamente familiar, embora Chris não soubesse o porquê.

Olhou para o tentáculo, àquela altura mais grosso e forte, que o conectava ao organismo recém-formado sobre a mesa. O fio se expandia e se contraía no mesmo ritmo dos órgãos daquela coisa esquisita. Chris ofegou ao perceber por que o padrão pulsante parecia tão familiar.

Os órgãos da coisa e o tentáculo que a ligava ao garoto latejavam no ritmo das batidas do coração de Chris.

Ele estremeceu, e foi sobrepujado por uma vontade louca de aliviar a bexiga. Quando pensou nisso, se deu conta de que fazia horas que não ia ao banheiro, desde a última aula. O simples pensamento aumentou a sensação de urgência.

Mas como ir até o banheiro no fim do corredor daquele jeito, conectado fisicamente àquela coisa grande, estranha e aparentemente viva? Ele adoraria saber como os outros alunos haviam lidado com a questão — se bem que provavelmente nem tinham precisado ir ao banheiro, tendo completado o experimento muito mais rápido do que ele. Além disso, os outros experimentos não tinham gerado nada tão volumoso e desajeitado.

Quando Chris decidiu que estava apertado o bastante para ter que chamar o professor e fazer a patética confissão de que precisava usar o banheiro, mas não sabia como, a pressão em sua bexiga desapareceu. Ele olhou para a coisa sobre a mesa e viu quando expeliu uma grande quantidade de líquido no chão com um barulho alto.

Aquilo era o xixi dele? E como tinha ido parar ali?

Chris sabia que devia se sentir constrangido — tinha quase certeza de que havia acabado de mijar no chão do laboratório de ciências, afinal de contas, uma das únicas atitudes realmente inapropriadas para o ambiente. Acima de tudo, porém, estava confuso. Seu xixi não deveria sair do próprio corpo? Ele olhou para o tentáculo. Estava ainda mais grosso e forte, um tubo conectando seu corpo à coisa, a alimentando como o cordão umbilical entre mãe e bebê ainda no útero. Será que sua urina tinha passado para o organismo na mesa através do tubo? Mas por quê?

Ele ficou olhando enquanto a coisa continuava a pulsar. Fosse lá o que fosse, o garoto não gostava dela e não queria mais estar conectado àquilo. Não gostava de saber que a gosma sugava sua energia para ficar maior e mais forte enquanto ele se exauria e enfraquecia.

Hora de cortar o cordão.

Só havia um problema: ele não tinha instrumentos apropriados para isso.

Varreu com o olhar o cubículo quase vazio e viu o alicate que não havia usado. Não funcionaria tão bem quanto uma faca ou uma tesoura afiada, mas ainda era melhor do que tentar partir o tentáculo com as mãos. Usaria a ferramenta para apertar e prender com força o cordão, depois puxaria para arrancar um pedaço e quebrar a conexão.

Assim, posicionou o alicate no tentáculo logo acima do ponto em que ele se conectava ao seu indicador esquerdo. Em seguida, apertou.

A sensação foi a de estar sendo sufocado até a morte. De alguma forma, pressionar o cordão cortava seu suprimento de ar. Ele caiu no chão, ofegante, deitado sobre a poça do que quase certamente era sua própria urina. Assim que aliviou a tensão do alicate ao redor do tentáculo, porém, sua respiração começou a se regularizar. Estava atordoado demais para se levantar rápido, então ficou ali deitado no chão molhado por alguns minutos, arquejando como um cachorro no calor.

Não havia como interromper a conexão entre ele e o resultado perturbador de seu experimento? Ou será que os dois estavam fadados a ficar juntos como gêmeos siameses compartilhando um órgão vital?

Ele se levantou e se forçou a olhar para o volume na mesa. O torso havia aumentado de tamanho, e pequenas protuberâncias rosadas eram visíveis nos pontos onde deveriam ficar as pernas e os braços. De alguma forma, enquanto o garoto não estivera olhando, um pescoço com cabeça havia se formado.

A coisa não tinha cabelos nem feições, e era horrenda.

Chris recuou devagar, até trombar com o colchonete. Não queria mais olhar para a abominação, mas também não queria desviar os olhos. Ela exercia um fascínio horrível, como um acidente feio na beirada da estrada. O garoto se sentou no colchonete e ficou observando até sua visão se tornar borrada e indistinta. Estranho… Era a primeira vez que tinha problemas de visão.

Quando levou a mão ao rosto, de repente foi como se o mundo tivesse mergulhado em escuridão. Ele tentou tocar o olho esquerdo, e o que encontrou o fez soltar um grito de horror.

O globo ocular esquerdo havia sumido.

Era impossível, claro. A perda de hemácias e seu nível de ansiedade deviam estar prejudicando suas percepções, fazendo com que ele ficasse paranoico; talvez estivesse até alucinando. Ele estendeu a mão na direção do olho esquerdo de novo, mas encontrou apenas a órbita vazia.

Impossível, repetiu a si mesmo, mas depois olhou para o tentáculo. Dentro do tubo translúcido, uma pequena esfera se deslocava na direção da coisa rosada que evoluía na mesa. O orbe era empurrado por movimentos pulsantes do cordão. Tinha o formato e o tamanho de um globo ocular humano.

Mas que droga é essa?

Chris levou a mão ao ponto onde o olho costumava ficar. Ouviu um barulho estalado, como o estouro de uma rolha de garrafa. Quando fitou a coisa na mesa, ela o encarava com o próprio olho esquerdo do garoto. O rosto já não era desprovido de feições. Parecia um ciclope.

Ele sabia que a criatura não se contentaria com um único olho por muito tempo. Logo reivindicaria o outro. Assim como outras partes do corpo de Chris.

Mesmo sem um dos olhos, ele podia enxergar tudo com clareza. Os órgãos que pulsavam sob a pele translúcida da criatura eram os dele. Ou os que *costumavam* ser dele.

Chris estava sendo usado por aquela abominação como um doador de órgãos vivo.

Mas a parte do *vivo* não continuaria assim por muito tempo. Com seus órgãos vitais sendo sugados um a um pelo cordão, ele provavelmente não tinha muito tempo restante.

O garoto puxou o tentáculo, tentando arrancar a ponta do próprio corpo. Mas estava conectado ao seu dedo tão firmemente quanto os dedos estavam conectados à mão, e apertar o cordão o fazia parar de respirar. Tentou se levantar, movido por um pensamento vago e desesperado de sair correndo em busca de ajuda, mesmo que aquilo significasse arrastar a coisa atrás de si como uma pipa quebrada na ponta da linha. De repente, porém, notou que estava fraco demais para ficar de pé.

Mas ainda tinha voz, não tinha?

Não restava alternativa a não ser gritar.

— Socorro! — berrou ele, com a voz mais aguda e baixa do que gostaria. — Alguém me ajuda! Sr. Little! Alguém! Estou aqui! Socorro!

Os gritos foram respondidos com silêncio. Como todos os outros alunos tinham voltado para casa, será que o professor não havia partido também? Será que teria ido embora sem se despedir de Chris, sem o dispensar?

Ele não conseguia se lembrar da última vez que havia se sentido tão solitário.

A gritaria toda o deixou exausto. Tudo o deixava exausto. Seus músculos pareciam inexistentes, e os braços e as pernas estavam tão molengas quanto espaguete. Ele se largou sobre o colchonete. Precisava pensar num plano, numa forma de escapar, mas a fraqueza e a fadiga o dominaram. Chris não tinha intenção de cair no sono, mas tampouco tinha forças para lutar contra a onda de exaustão que o engolfou.

Quando despertou, abriu seu único olho e viu a coisa sentada na borda da mesa à sua frente.

Não era mais uma coisa, porém. Era um garoto. E, exceto pelo estranho tom rosado da pele, era igualzinho a Chris. Tinha a mesma altura e compleição física, assim como o mesmo cabelo castanho-claro. Vestia as roupas do menino e o encarava com o que antes tinha sido seu olho esquerdo.

Será que aquilo significava que Chris estava pelado? Ele olhou para o próprio corpo repousado sobre o colchonete e logo viu que já não tinha integridade estrutural para vestir qualquer coisa. O corpo de Chris não tinha mais músculos e ossos. Era uma massa, uma meleca. Ele não fazia ideia de como ainda podia estar vivo, como ainda podia estar consciente mesmo restando tão pouco de si. Não conseguiria suportar aquilo por muito mais tempo.

Chris se deu conta de que nunca mais veria a mãe, o pai e Emma. Que nunca mais iria de bicicleta até a sorveteria e o lago com Josh e Kyle. Outra pessoa precisaria levar Bisteca para passear e servir sua ração.

A coisa desceu da mesa e usou os ossos e músculos de Chris para caminhar até o colchonete.

Com o olho que lhe restava, o garoto admirou sua criação. Viu que a criatura era tão parecida com ele que ninguém saberia apontar as diferenças entre os dois. A coisa iria para a casa de Chris e ocuparia o espaço dele na família. Iria se sentar à mesa do jantar junto com a mãe, o pai e Emma, onde comeria cachorro-quente e macarrão com queijo. Brincaria com Bisteca. Estudaria no Café Grão Fino e iria à escola e às reuniões do Clube de Ciências.

Chris percebeu que a própria vida seguiria normalmente sem sua presença.

Tentou falar. Sua garganta e boca estavam mais secas do que um deserto, e o garoto tinha quase certeza de que não tinha mais lábios. Era difícil se fazer ouvir.

— Escuta.

A voz dele enfim saiu, rouca.

— Minha mãe e meu pai... Eles vão amar você porque me amam. Cuida deles.

Parou e tentou recuperar o fôlego. Respirar costumava ser tão fácil.

— Cuida da minha irmã também. Ela é boazinha. É escoteira. A Emma é sua irmã agora.

As palavras saíam com dificuldade, mas ele tinha mais coisas a dizer.

— A sra. Thomas, nossa vizinha. Ela é idosa. Uma senhorinha gente boa. Ajuda ela quando puder, por favor. E brinca com o Bisteca.

A criatura franziu o cenho, parecendo confusa.

— Eu preciso brincar... com uma bisteca?

Chris sentiu o resto de suas forças se esvaindo.

— O Bisteca é meu cachorro. Agora é... seu — sussurrou, e sentiu o tentáculo que o conectava à vida se desintegrando.

— Cuida dele — acrescentou, mas as palavras saíram tão baixas que ele teve medo de que mais ninguém as ouvisse.

O garoto experimentou uma estranha sensação de sucção na região do olho direito, e depois tudo escureceu. Ele ouviu o globo ocular sendo sugado pelo tubo, acompanhado por outros sons úmidos enquanto as partes restantes do seu corpo eram absorvidas pelo tentáculo. Partes sem as quais ele sabia que não poderia viver. Era como se a criatura o estivesse bebendo, sugando o que sobrara de seus órgãos por um canudinho comprido. Ele era o restinho de um milk-shake sendo tomado até restar apenas o copo vazio.

Chris, como a criatura teria que aprender a se chamar, parou diante da massa disforme de carne vazia sobre o colchonete. Abriu o saco de lixo infectante e enfiou o que havia sobrado do experimento ali. Era surpreendente tudo caber dentro de uma embalagem só; quando a pegou, notou como estava inesperadamente leve.

Ele saiu do cubículo e encontrou o sr. Little sentado diante da escrivaninha, bebendo café de um copinho de isopor enquanto comia uma rosquinha.

— Ora, bom dia, Chris! — exclamou o professor, ficando de pé e limpando as migalhas do bigode. — A noite foi longa, hein? Mas não me deixa curioso! Conseguiu terminar o experimento, afinal? Obteve os resultados que queria?

Os olhos do novo Chris estavam arregalados, cheios de admiração. Logo ele sairia da sala de aula e da escola, e poderia explorar o mundo pela primeira vez.

O garoto entregou o saco de lixo infectante para o professor. Olhou bem nos olhos dele e sorriu.

— Ele me explicou tudo — disse.

Assim que Chris saiu da escola, o sol banhou seu rosto. O céu estava azul, as nuvens eram brancas e fofinhas, e os pássaros cantavam nas árvores. Ele sorriu. Que dia lindo.

Larson ouviu antes mesmo de ver.

E, quando ouviu, não conseguiu acreditar que a coisa havia se formado a suas costas sem ser percebida. O som era de explodir os tímpanos.

A princípio, Larson teve a impressão de que seria atropelado por um trem. Os estampidos, ruídos, explosões e guinchos que o fizeram se virar desafiavam sua habilidade de processar barulhos.

Também não conseguiu processar o que estava vendo, mas sequer tentou compreender.

Ele apenas correu.

Disparando para fora do abrigo da fábrica, deixou o sedã e a sacola de lixo para trás e avançou na direção da doca. Ao perceber que não poderia se esconder ali, deu meia-volta e tornou a correr para a construção, mirando no beiral que protegia uma velha empilhadeira. Agachado ao lado do equipamento, espiou o interior da fábrica.

Sim. O investigador não estava doido — tinha mesmo visto aquilo. Mas a coisa não o perseguia. Parecia estar decidindo que forma assumir. Continuava a se moldar na coisa mais abominável que Larson já vira na vida.

Larson permaneceu congelado onde estava, hipnotizado pela estranha massa se consolidando diante de seus olhos. Mas sua consciência, aguçada por anos de serviço como investigador, se elevou para além do ser composto por pedaços de sucata. Vislumbrou um movimento sutil perto do compactador de lixo. Foi só um tremor a princípio, mas depois o movimento se transformou em vibração… E a Aparição de Sutura enfim irrompeu da pilha compacta de lixo.

•   •   •

Ainda um pouco desorientado pela batalha contra a criatura que lembrava um coelho e por seu estado temporariamente comprimido, a vontade de Jake era simplesmente se encolher em posição fetal e dormir em algum lugar seguro. Estava exausto.

Mas ainda não podia descansar. O homem que tinha visto mais cedo, o investigador, ainda estava por perto, e em perigo.

Assim que Jake saiu do compactador de lixo, teve plena consciência do que estava acontecendo na fábrica. Parte dela vinha de seus sentidos "normais" — ele podia *ver* o monstro de lixo ficando cada vez maior. Podia *ouvir* os estalidos, baques e clangores de metal se fundindo a metal. O resto da sua consciência, porém, vinha de algo que não conseguia entender. Simplesmente *sabia* que o investigador estava por perto e corria grande perigo.

Jake também sabia outra coisa. Sabia que *ele próprio* estava em perigo.

Completamente contra sua vontade, o corpo metálico de Jake começou a se arrastar pelo concreto na direção da criatura de lixo, como se puxado por um raio de abdução alienígena. A diferença era que não estava sendo levado para uma nave no céu, e sim sugado até a horrível coisa humanoide de metal.

No mesmo instante, Jake reuniu todas as suas forças para lutar contra a atração. Em questão de segundos, conseguiu deter o movimento. Ao seu redor, peças de animatrônicos e lixo passavam zunindo para se aglomerar na imensa estrutura formada a partir da sucata. Jake, porém, continuou no lugar, determinado a se manter separado da entidade maligna. Por ser um garoto muito altruísta, também quis salvar os outros destroços de animatrônicos sendo sugados pelo demônio do ferro-velho. Fez tudo a seu alcance para salvar outras peças de caírem no controle da criatura.

Conseguiu conter alguns braços, pernas, articulações e parafusos; de repente, porém, sentiu resistência vindo dos restos mutilados de esqueletos metálicos. Algo lutava contra ele; aquilo *queria* ser absorvido pelo todo.

Jake conseguiu se manter parado enquanto tentava ver o que tinha autoconsciência o bastante para escolher se juntar ao ser cada vez maior de metal. Por alguns segundos, os resíduos rolando ao seu redor permaneceram presos numa movimentação caótica; depois, porém, ele viu um endoesqueleto abatido e enferrujado, com formato vagamente feminino e pescoço longo, se arrastando para longe do resto do lixo.

No mesmo instante, Jake tentou acessar o que quer que estivesse controlando o endoesqueleto de garota. *Me deixa salvar você*, pediu, em sua mente.

A princípio, não teve resposta. Mas logo sua mente foi preenchida pelo som de uma risada aguda. As gargalhadas terríveis pareciam trepidar por todo o seu ser.

Antes que Jake pudesse reagir ao som, e ao que quer que ele significasse, o deslizar do endoesqueleto de garota se transformou num arrastar perturbadoramente acelerado. Rastejando pelo chão, disparou na direção de Jake.

Os recursos internos do garoto estavam um pouco limitados, dado o esforço de resistir ao puxão do monstro de sucata. Por isso, não teve para onde correr quando o endoesqueleto saltou do chão e o atingiu com tudo, fazendo com que ele perdesse o equilíbrio.

Jake não sentiu o impacto, claro, mas ficou atordoado mesmo assim. Por alguns segundos, não conseguiu se mover. Estava frente a frente com um rosto corroído, a boca deformada num sorriso venenoso que parecia qualquer coisa, menos amigável.

O sorriso intensificou a necessidade de Jake de se libertar, e ele imediatamente tentou derrubar sua atacante.

Ela não cedeu, porém. Em vez disso, o prendeu com sua força extraordinária, e seus olhos animatrônicos redondos começaram a brilhar num branco incandescente. A luz ofuscante passou a penetrar os olhos de boneca de Jake, queimando conforme chegavam cada vez mais fundo.

No instante em que a luz o atingiu, Jake sentiu o mesmo mal que havia experimentado no compactador de lixo. Aquele, porém, parecia ainda mais forte, como o cerne do que Jake sentira nas coisas infectadas por Andrew.

Também sentiu algo diferente. Parte daquela maldade estava dentro dele! Jake não tinha notado antes, mas era inconfundível. Uma parcela do mal contra o qual havia batalhado, frio e cruel, se escondia em seu espírito. Assim como havia pegado carona em Andrew, aparentemente também se enterrara fundo no garoto.

Jake não gostava nada da ideia de estar tão perto do endoesqueleto da garota malvada, mas ficou feliz quando ela levou consigo aquela coisa desagradável que antes se alojava dentro dele. A sensação se dissipava, voltando à sua fonte; a coisa-garota sugava a energia dele com seu olhar incandescente.

Ele sentiu o momento exato em que o mal o abandonou. O endoesqueleto de garota parecia mais brilhante, menos enferrujado. Ter recuperado aquela parte de si a tinha fortalecido.

Como se reconhecesse a compreensão de Jake, a garota-coisa inclinou a cabeça de metal e piscou para ele. Foi uma piscadela lenta, cheia do que parecia ser um triunfo jubiloso. Depois, soltou Jake e saiu voando de costas, se permitindo ser absorvida pelo horrendo gigante de metal.

Ainda hipnotizado pela bizarra osmose de peças robóticas, incluindo um endoesqueleto feminino completo que havia atacado a Aparição de Sutura antes de se deixar levar pelo amálgama de lixo, Larson não conseguiu sair do esconderijo. De repente, porém, a coisa feita de sucata deu um passo à frente... e encarou o investigador.

Assim que a fusão de lixo em formato de coelho encontrou o olhar de Larson, ele foi capaz de aceitar o que tinha compreendido no instante em que vira o monstro se formar pela primeira vez. Aquela coisa era Afton.

O coelho era feito de partes animatrônicas encaixadas de forma perturbadora e tinha o dobro da altura de um homem normal, mas exalava a energia inconfundível de William Afton. De certa forma, o rosto composto por retalhos metálicos lembrava fotos que Larson vira do assassino em série, como se Afton tivesse o poder de fazer outros materiais assumirem suas feições.

O Amálgama Afton deu outro passo adiante.

Larson, chocado com a própria falta de ação, só murmurou:

— Droga.

Depois olhou ao redor. Se corresse, conseguiria escapar pelo vão entre aquela construção e a outra mais ao norte e depois fugir.

Mas…

Espiou além do lago e das estruturas mais próximas. Aquele bairro era cercado por vizinhanças antigas, cheias de sobrados, carvalhos retorcidos… e crianças.

Ouviu a voz de Ryan em sua cabeça: "Os professores dizem que pais são que nem super-heróis. Mas você não é. Super--heróis têm palavra."

Larson queria ser o herói do filho, e para isso teria que manter sua promessa de proteger a cidade.

Não podia fugir.

Precisava deter aquela coisa antes que ela escapasse.

Mas como?

Olhou ao redor, catalogando o que via: a fábrica incubando uma criatura do submundo. A doca e o lago além da estrutura. Um campo vazio à esquerda da construção, além do qual ficavam casas nas quais menininhos como Ryan jogavam videogame, construíam cabaninhas, faziam lição de casa ou desejavam que seus papais voltassem logo para casa.

Como ele poderia lutar contra algo alimentado por tamanha maldade?

Antes que pudesse responder à própria pergunta, a criatura que parecia ao mesmo tempo uma pilha de lixo humanoide e um coelho deformado se virou e adentrou ainda mais na fábrica. O que estaria fazendo?

Larson se esgueirou do esconderijo atrás da empilhadeira e escapuliu pela entrada. Agachado atrás do sedã, ficou escutando. Notou a sacola de peças que tinha deixado no chão, ao lado da porta aberta do motorista, e a pegou, com a sensação de que seria útil.

Dentro da construção, a coisa bufava e pisoteava. Larson correu na direção do som, enrolando a ponta do saco no punho como tinha feito mais cedo.

Seguir os barulhos era fácil, mas compreendê-los era muito mais complicado. Os estrondos mudavam o tempo todo. Talvez o padrão ficasse diferente conforme as partes se ajeitavam.

Às vezes, era um farfalhar. Outras, um estalo. Vez ou outra, um guincho como o de unhas contra um quadro-negro, sugerindo o atrito de metal contra metal. Era algo que sempre fazia Larson esquecer de respirar.

Mas ele não parou de se mover. Não podia.

Seguindo a cacofonia, passou pela área onde ficava o compactador de lixo e se viu num corredor amplo. Uma série do que pareciam estoques ou salas de equipamentos se abria para a passagem. Com base nos sons que ouvia mais adiante, que àquela altura eram berros e ruídos de algo sendo arrastado, Larson soube que seguia na direção certa. O barulho mudou para um estalo alto e úmido, como o de algo se rasgando. Fez o homem se lembrar das autópsias que às vezes precisava acompanhar. Cadáveres faziam um ruído similar quando a caixa torácica era aberta para ter os órgãos removidos. O investigador sentiu o estômago se revirar, tentando expulsar o sanduíche de carne assada que havia comido no almoço, mas ele forçou a comida a ficar onde estava.

O corredor fazia uma curva, e Larson hesitou. Esperou os sons úmidos se afastarem. Depois, virou a esquina.

Quando viu o que o aguardava, quase deu meia-volta e saiu correndo.

Sombras imensas se projetavam na parede do corredor diante dele. Como o monstro em forma de coelho, estavam sempre mudando de forma. Cresciam e se avultavam, encolhiam e se contraíam. Pareciam vivas, e até onde Larson sabia, de fato poderiam estar.

Mas não importava. Ele precisava seguir em frente.

Deu outro passo.

E outro.

De repente, o Amálgama Afton surgiu trombando com força na parede do corredor.

Larson tentou saltar para fora da linha de visão da coisa, mas não foi rápido o bastante. Teve um segundo, no máximo, para registrar o assustador conjunto de peças de animatrônicos e rostos que se aproximava dele com a velocidade de um carro de corrida e a força de um aríete. Aquilo no joelho era mesmo um olho? E o joelho estava mesmo onde o ombro deveria estar? Eram pés aquelas protuberâncias no pescoço da coisa? E os pés tinham mesmo bocas? Quantas, dezenas?

O investigador não teve tempo de averiguar as respostas antes de ser atirado não só na direção da outra parede do corredor, como também *através* dela. Ciente da dor enquanto voava pelo ar, bateu com tudo em algo duro, e depois parou de sentir.

Assim que o monstro de lixo acoplou o endoesqueleto de garota, ele se virou e seguiu rumo ao interior da fábrica. Nem olhou para Jake enquanto passava. Ao que parecia, já estava satisfeito o bastante com as partes que o compunham.

Depois de a coisa de metal desaparecer de vista, Jake cogitou fugir. Mas não podia. O detetive ainda estava ali, e em perigo. O garoto precisava ajudar.

Então se levantou e seguiu o monstro. Não era difícil, considerando toda a barulheira. Começou a correr na direção do som.

Lampejos doloridos de luz penetravam a escuridão que cercava Larson. Ele fechou os olhos e gemeu. Por que não o deixavam em paz?

Sua cabeça latejava. Ele tocou a testa úmida e sentiu uma protuberância acima da sobrancelha esquerda. O peito e a lateral do corpo também latejavam de dor. Devia ter trincado uma ou duas costelas, talvez mais. Sentiu algo úmido e quente naquele ponto. Talvez tivesse mais do que trincado costelas. Elas podiam ter se quebrado e perfurado a pele, ou quem sabe algo afiado o machucara. Tinha a leve noção de estar deitado em algo irregular e duro. Algum equipamento? Talvez tivesse se cortado naquela coisa.

Vozes lhe sussurravam na escuridão. As palavras vinham intensas, envoltas em lampejos de luz dentro da sua cabeça. O investigador esfregou a testa, tanto para combater a dor lancinante no crânio quanto para se concentrar nas palavras.

De repente, se lembrou de como tinha ido parar naquele lugar de luz e escuridão, de dor e vozes sussurrantes. O Amálgama Afton.

Ele ficou tenso. Onde a coisa estava?

"Rápido." Aquela era uma das palavras que lhe rondavam a mente.

Ou será que estavam mesmo *dentro* da sua cabeça? Será que não vinham do lado de fora? E, se esse fosse o caso, qual era sua origem?

Pareciam sussurros de criança. Ou não? Uma das orelhas de Larson queimava como se ele tivesse levado um tapão na lateral da cabeça. A outra parecia preenchida por algodão. Os sussurros ficavam mais altos, depois mais baixos. Ele podia ver as palavras rodopiarem na sua mente como bailarinas, com giros, saltos e mergulhos.

Depois, três palavras se juntaram numa coreografia perfeita.

"Abra os olhos", diziam.

O homem obedeceu.

Afton estava acima dele. Muito perto. Perto demais.

Larson olhou para o imenso rosto pairando acima do seu. Parecia ter saído de um pesadelo. Com olhos feitos de soquetes de metal e velas de ignição, boca formada por pistões longos e bochechas de engrenagens e parafusos grandes, o rosto parecia ser sustentado por pedaços de metal afiado, canos enferrujados e o que lembrava ossos de verdade, mas não os que seriam esperados num rosto. Um cotovelo animatrônico que funcionava como queixo tinha sido acoplado a um esqueleto de roedor, e o cenho era parte de um motor preso a um pé de pássaro.

Por mais repulsiva que fosse, porém, não era a criatura metálica que fazia Larson sentir calafrios. A coisa realmente repugnante sobre o novo rosto de Afton era que ele... se mexia. Presas em cima e ao redor de pedaços de metal e ossos, partes animatrônicas se contorciam e estremeciam. E estavam cantando, ou ao menos era o que parecia. Larson podia ouvir o coro harmônico; vários dos sons vinham do nariz rotatório de Afton, formado por uma articulação de tornozelo, além da tremelicante testa feita de um ombro e das mandíbulas compostas por estalantes pés de metal.

As orelhas de Afton eram pedaços animatrônicos diferentes. Uma era quase toda constituída por uma mão metálica, enquanto a outra parecia um maxilar do mesmo material. Ambas se moviam em ritmo com a música, que parecia composta por trechos dos antigos espetáculos que os animatrônicos da Freddy costumavam interpretar.

Felizmente, Larson não teve tempo de analisar o rosto improvisado mais de perto, porque o Amálgama Afton ergueu a mão, que na verdade era um pé com articulação de quadril. O investigador saltou para a direita, mas não foi rápido o bastante. Os dedos afiados de metal do pé que Afton usava como mão empalaram a barriga do homem.

Ele gritou quando a dor incandescente se espalhou pelo seu abdômen, irradiando para o peito, mas conseguiu se desvencilhar e se arrastar para longe do alcance da coisa. Agarrando a barriga, Larson sentiu um líquido quente escorrer por entre os dedos, depois pelo quadril direito enquanto disparava para fora do cômodo onde havia sido jogado e corria pelo corredor na direção da saída sul da construção.

Jake viu o investigador fugir pelo corredor. Chamou, mas o homem não lhe deu ouvidos.

Ele ficou irritado consigo mesmo. Se não tivesse hesitado depois do ataque do endoesqueleto de garota, poderia ter alcançado o sujeito antes que a tragédia acontecesse. Mas Jake tinha sido fraco e egoísta. Como resultado, chegara tarde demais.

O homem saberia, claro, que havia sido perfurado pela coisa, mas pensaria que era só isso. Veria que o ferimento era grave, mas não entenderia que esse não era o problema em si. O problema era que, ao ser perfurado pelo monstro de lixo, o investigador tinha sido infectado pelo espírito do homem horrível que lhe dava vida.

Jake sabia que o demônio malvado de sucata era controlado pela coisa terrível que tinha tentado ficar com Andrew. Espíritos, ele havia descoberto, tinham algo similar a um cheiro. Cada um tinha o seu.

Aquele em particular fedia muito, muito mesmo. E, quando espetara o investigador, havia passado o cheiro para o corpo do homem. Jake temia que o sujeito tivesse sido infectado, e não sabia exatamente a gravidade da infecção. Bem ruim, imaginava. Com certeza, o espírito de Afton contaminaria o investigador de maldade. Mas e se fizesse mais do que isso? E se o matasse? Jake precisava dar um jeito de livrar o homem da infecção.

O monstro de metal passou em disparada por Jake, sem nem prestar atenção nele. Estava determinado a pegar o detetive, então o garoto foi atrás.

No encalço de Larson, o Amálgama Afton uivava como um atormentado cão do inferno. O investigador conseguia ouvir os passos pesados na sua cola enquanto corria, cada um mais estrondoso do que o anterior.

Se Afton respirasse, Larson seria capaz de sentir o bafo no cangote quando abriu a porta com o ombro e caiu do lado de fora, onde o sol se punha. Ele se virou e correu para o norte, rente à lateral da fábrica. Sabia para onde precisava ir — talvez conseguisse, talvez não.

ignorou a dor e disparou tão rápido quanto possível.

Chegou aonde queria, e logo em seguida viu Afton abrir um buraco na lateral da fábrica para continuar a perseguição. Ouviu o atrito agudo de metal e o berro estridente da criatura. Depois, escutou a mesma música de antes. Estava mais alta, quase frenética, como se as peças animatrônicas canibalizadas tentassem consolar a si mesmas com música.

O investigador pensou na terrível cabeça do amálgama girando de um lado para o outro, procurando por ele. Enquanto fazia o que precisava, torceu para que a forma atual de Afton não tivesse poderes sobrenaturais além da habilidade de dar vida a lixo. Se a coisa fosse telepática, ele estava ferrado. Mas precisava tentar.

Para sua própria surpresa, Larson conseguiu alcançar a empilhadeira sem que Afton notasse. Enquanto embarcava na cabine do veículo, ergueu o saco de peças que trazia a tiracolo. Começou a acomodar o objeto no assoalho, mas de repente o conteúdo passou a se mover.

Por um momento, Larson esqueceu do coelho de sucata, pois a sacola não apenas se movia, como emitia vozes. Prendendo a respiração, ele abriu rapidamente o saco.

Assim que o fez, as vozes ficaram mais altas. O investigador arquejou e puxou a mão para perto do corpo.

A última coisa que havia colocado ali era uma máscara. Estava rachada e enlameada, mas as feições eram nítidas. Com bochechas rosadas e listras roxas que iam da base dos olhos ocos e pretos até o topo da boca escancarada, além do batom vermelho destacando um beicinho exagerado, a máscara até poderia ser divertida. Mas não era, especialmente naquele momento, pois tinha ganhado vida. A boca estava aberta, e dela saía um som ininteligível.

Larson não precisava compreender os lamentos, porém. Por mais perturbador que fosse, podia ouvir a intenção da máquina na sua mente. Parecia transmitir um único pensamento: "Me leva até ele."

Um baque veio de um ponto não muito distante, fazendo Larson se recuperar e entrar em ação.

O investigador pegou o saco e o pendurou na ponta da plataforma da empilhadeira. Depois, voltou para a cabine e ligou o motor.

Os sons do Amálgama Afton ficavam cada vez mais próximos. Estavam vindo do outro lado da parede!

Larson engatou a ré e dirigiu com tudo na direção da parede, rompendo o metal para empalar a barriga de Afton, feita de quadris. O saco contendo a máscara ia na frente. Quando a empilhadeira se chocou contra a criatura, Larson viu o saco se abrir, e teve um vislumbre de listras pretas e brancas.

Mas já nem se importava com a sacola. Sua única preocupação era empurrar Afton até o lago.

Com uma mão no ferimento e a outra no volante, Larson manteve o pé enfiado no acelerador.

Afton, porém, não aceitaria ser carregado até o lago sem lutar. Fincou os pés feitos de mãos, maxilares e articulações no chão e se inclinou sobre o veículo. O progresso de Larson ficou mais lento, mas não parou. Ele persistiu.

—Vai... — implorou à empilhadeira. —Vai logo!

Com um rugido, o veículo saltou adiante. Afton foi empurrado até a beira da doca.

—Vai, vai, vai, vai — continuou Larson, o olhar fixo nas órbitas horripilantes de Afton.

A criatura estava quase caindo. Logo iria...

Pedaços da empilhadeira começaram a se soltar e sair voando pelo ar na direção de Afton. Primeiro o câmbio, depois o cilindro da plataforma, depois o encosto do banco. Uma após a outra, peças do veículo se desconectavam do todo, atraídos pelo Amálgama Afton.

O cilindro de inclinação, as rodas, o para-choque — tudo voava em rápida sucessão, até que a plataforma também foi puxada para longe. Era tudo absorvido pela combinação de metal, plástico e fios que formava Afton.

Com uma mistura de choque e medo, Larson observou quando até mesmo as provas penduradas na ponta da empilhadeira foram engolidas pela maçaroca cada vez maior de Afton. Ele teve a impressão de ver um braço listrado de branco e preto ser sugado pela perna esquerda da coisa. Depois, o volante foi arrancado da sua mão, e ele sentiu o assento girar sob seu corpo.

O investigador saltou da cabine e caiu na doca. Ainda pressionando a barriga machucada, começou a se arrastar para trás, para longe da evolução macabra de Afton, que continuou consumindo a empilhadeira.

Em segundos, o veículo tinha quase sumido. Restavam apenas alguns pedaços de metal amarelo e desgastado. As outras partes se reviravam dentro do corpo de Afton, se juntando a uma mandíbula aqui, a uma engrenagem ali.

O monstro ergueu o rosto e olhou para Larson. O investigador não tinha mais onde se esconder, e não chegaria muito longe com seus ferimentos. Tinha só mais um truque na manga: enrolar seu oponente.

— Afton? — chamou Larson. — É você aí, não é? Se bem que não sei muito bem como te chamar agora.

De longe, o Amálgama Afton fulminou o homem com o olhar. Reposicionando as peças para se aprumar até ficar maior e mais larga, a atrocidade que um dia havia sido William Afton anunciou em um tom tão retumbante que a doca estremeceu:

— Meu nome é Agonia.

Larson sentiu o canto dos lábios se erguerem num sorriso. Não disse nada, mas seu queixo caiu quando todos os rostos e bocas no corpo de sucata começaram a falar ao mesmo tempo. Não, falar não. Estavam cantando de novo.

Como não tivera tempo de analisar o monstrengo Afton quando ficara cara a cara com seu rosto de retalhos, não havia compreendido se todo o lixo fazia parte do espetáculo mutante que havia presenciado. Ali, porém, podia ver que todas as peças animatrônicas entulhadas na configuração deturpada de Afton estavam se esforçando para cantar e dançar. Por toda a estrutura, braços e pernas, mãos, pés e dedos animatrônicos se agitavam e dançavam ao som da música que as bocas tentavam entoar.

Larson sentiu calafrios percorrendo sua pele. Cobriu as orelhas, enojado consigo mesmo por ter permitido que o espetáculo bizarro o incomodasse. Grunhiu, apoiou um dos joelhos no chão e se forçou a ficar de pé. Encarou Afton.

— Chega! — gritou.

As vozes pararam. As peças animatrônicas ficaram imóveis.

O investigador fechou os olhos e respirou fundo. Estava se preparando para o que imaginava ser a última batalha da sua vida.

Jake alcançou o monstro de lixo em formato de coelho no instante em que o investigador o atacava com a empilhadeira. Sem saber muito bem como ajudar, O garoto havia simplesmente esperado e assistido enquanto o veículo empurrava o monstro cada vez mais para perto do lago.

Quando a empilhadeira começou a se desfazer, Jake ficou em dúvida sobre como proceder. Ainda assim, continuou se esforçando para pensar em algo. Concluiu que, na pior das hipóteses, se a criatura metálica levasse a melhor, ele poderia simplesmente sair correndo e pegar o detetive no colo. Talvez o pudesse carregar até um local seguro antes que o monstro os alcançasse.

Enquanto refletia, porém, algo estranho aconteceu. Assim que o detetive fechou os olhos, o endoesqueleto de garota se separou do restante da sucata.

Passou serpenteando por um braço, uma perna e um quadril conforme avançava até a camada externa do coelho de sucata, de onde saltou para longe. Assim que ela se libertou, Jake se escondeu mais nas sombras. Não queria outro embate com o endoesqueleto de garota. Ela era assustadora.

Jake viu a coisa se arrastar pela doca. Estava tão tenso que prenderia a respiração se ainda respirasse. Não desviou os olhos enquanto ela se esgueirava por uma abertura para ventilação na lateral da construção da fábrica.

•   •   •

Quando abriu os olhos, Larson esperava ver Afton ainda o encarando. Não era o caso; ele estava fitando um ponto além do investigador com determinação, a expressão quase suplicante.

Larson se virou para enxergar o que Afton estava olhando, e viu um endoesqueleto de metal com formato feminino desaparecer por uma abertura do túnel de ventilação — parecia ser a mesma criatura que ele vira antes. De cenho franzido, o homem voltou a encarar Afton, e viu a expressão de súplica se dissolver numa de desespero. Afton continuava sendo uma mistura de sucata, mas assumira um semblante estranhamente humano. Apesar do tamanho, a montanha de metal que o formava pareceu encolher para dentro de si mesmo, como se ele ficasse cada vez mais fraco e frágil. Uma expressão perdida e derrotada dominava seu rosto. O Amálgama Afton deixou a cabeça cair sobre o peito, as feições contraídas em algo que podia ser confusão.

O investigador retomou o foco e logo identificou o que Afton estava olhando: a lateral direita do seu próprio corpo, onde a máscara manchada de roxo da sacola havia se fixado entre outras peças animatrônicas. Ela não mais berrava como quando Larson a vira da última vez. Seu rosto parecia satisfeito e vitorioso.

Chocado, ele presenciou o Amálgama Afton se desmontando. Ou era o que parecia estar acontecendo, ao menos.

A destruição começou com um braço anexado no ombro da montanha de lixo viva. Ele se estendeu e agarrou uma bochecha de engrenagens. Depois que arrancou o pedaço do rosto, passou para a orelha feita de maxilares.

Outro braço se soltou do que parecia ser uma coxa, e arrancou a engrenagem que formava um joelho. Depois de arrancar tudo, atirou a peça no lago.

Mais dois braços se estenderam. Um agarrou os lábios feitos de pistões. O outro removeu um cotovelo em formato de orelha.

E mais braços começaram a se mover. Pareciam brotar de toda a massa de metal de Afton, como esguichos de petróleo irrompendo da superfície da terra. Cada braço que surgia pegava algo. Em menos de um minuto, o Amálgama Afton não passava de uma maçaroca de partes do corpo e peças em movimento.

Em seguida, fluidos não identificados começaram a surgir do lixo desconstruído. Enquanto isso, Afton cambaleou para trás, parando a um passo da ponta da doca.

As pernas dele cederam, e a criatura caiu sentada com as mãos apertando o abdômen, de olhos arregalados enquanto sangue escorria da boca do coelho de sucata.

O corpo se desfez em plástico, metal, ossos e cabos, se misturando com os outros líquidos para fluir como piche quente por entre as tábuas tortas da doca. A coisa que antes era identificável como um coelho, por mais grotesco que fosse, se transformava num monte de lixo em decomposição, uma pilha frágil de pedaços soltos que se reviravam.

Quando o último deles caiu na pirâmide de sucata, Afton gritou, e toda a torre de resíduos colapsou na doca.

Por pelo menos um minuto, Larson ficou ali encarando, sem saber se seria capaz de colocar em palavras o que tinha acabado de acontecer. Depois, se levantou, cheio de dor. Com as pernas cambaleantes, deu passos curtos na direção da beirada da doca. Respirou fundo e olhou para a água.

Estava preparado para recuar se precisasse, mas não foi necessário. O que restava de Afton não era uma ameaça.

Não passava de uma mancha flutuante de peças insignificantes oscilando na superfície do lago. Larson relaxou os músculos, mas tampou o nariz. O ar estava pesado com cheiros ácidos de decomposição. Uma espuma gordurosa flutuava na água.

Tonto, o homem se apoiou num poste no canto da doca. Ficou ouvindo a água chiar e borbulhar, vendo as peças afundarem uma a uma. Uma perna. Um braço. Um pé. Engrenagens. Articulações. Bocas. O lago engoliu todas elas até restar apenas uma.

O derradeiro pedaço de Afton a ser engolido pela goela líquida do lago foi a máscara com a faixa roxa.

Larson se largou na doca. Foi então que viu de novo a Aparição de Sutura.

Podia sentir o sangue escorrendo dos ferimentos, mas ignorou. Sua visão começava a ficar borrada; ele precisou se forçar para enxergar direito. Conforme a Aparição de Sutura saía das sombras e seguia pela doca, Larson tentou se levantar. Não podia deixar Afton ir embora daquela fábrica, fosse lá qual forma assumisse.

Jake sabia que o investigador achava que ele era malvado como o coelho de metal. Podia sentir a raiva e o medo do homem.

Mas não importava. A infecção já tinha começado a se espalhar pelo sujeito. Jake tinha que botar um fim naquilo.

Felizmente, o investigador não tinha forças para se levantar. Havia perdido muito sangue, e o espírito fedorento do que ti-

sujeito. Estava inchado e inflamado, com um tom verde nojento nas bordas. Como faria para remover aquela contaminação?

Olhou para baixo e viu suas mãos de metal. Concentrado, focou a energia das baterias que ele sabia que davam vida a seu endoesqueleto. Direcionou a maior parte dela a uma das suas mãos.

E funcionou! O metal começou a incandescer, vermelho. Assim que o brilho passou a irradiar, Jake estendeu a mão sobre o ferimento do investigador.

O sujeito mal tinha consciência do que estava acontecendo, mas gritou e tentou se desvencilhar da mão de Jake, que usou o outro braço para o manter no lugar.

Assim que o homem parou de se debater, Jake baixou a mão brilhante. O sujeito berrou de dor, e apesar da careta de aflição, o garoto ignorou o som e continuou. Precisava queimar a infecção, mesmo que aquilo machucasse o homem. Assim que o calor tocou a pele ferida, uma meleca esverdeada e fedorenta que parecia a mistura nojenta de requeijão podre com pudim de pistache começou a borbulhar até a superfície. Chiou imediatamente, irradiando um cheiro horrível de carne podre em decomposição. Jake teria franzido o nariz se fosse capaz, mas manteve a mão no lugar e não parou até a última gota da meleca repulsiva sumir.

Àquela altura, o investigador havia desmaiado. Jake achou aquilo bom.

Ele olhou ao redor. O que devia fazer?

Os berros de sirenes serviram de resposta: precisava ir embora. Reforços estavam chegando, e ninguém ali veria Jake como o mocinho.

Então, ele se levantou e correu na direção da fábrica. Achava que poderia encontrar seu caminho pelo interior e escapar do outro lado. Quando se abaixou para atravessar um corredor estreito, porém, seus passos vacilaram conforme ele se dava conta de algo terrível.

O menino se forçou a continuar enquanto pensava no coelho de lixo e na forma como ele havia se desfeito. O espírito do próprio Jake tinha chegado perto do homem macabro que controlava o coelho de sucata — o investigador o chamara de Afton —, então sabia que a alma do sujeito horrível não era tão poderosa quanto fingia ser; mal conseguia se apegar àquela realidade. Então por que Afton tinha conseguido lutar contra o investigador daquela forma?

Jake alcançou o outro lado da fábrica, enfiou a cabeça para fora de uma portinha e olhou ao redor.

O crepúsculo havia dado lugar a uma intensa escuridão. A lua brilhava tanto que iluminava os arredores, mas a noite criava sombras suficientes para que o garoto pudesse passar despercebido.

Enquanto fugia da fábrica, Jake encarou a verdade que acabara de descobrir: algo além de Afton havia estado no controle do coelho de lixo. E, fosse lá o que fosse, era ainda pior.

1ª edição	JUNHO DE 2025
impressão	LIS GRÁFICA
papel de miolo	IVORY BULK 65 G/M²
papel de capa	CARTÃO SUPREMO ALTA ALVURA 250 G/M²
tipografia	BEMBO STD